프리츠

– 삶과 선택

임정빈 역사소설

도서출판 청어

프리츠 – 삶과 선택

임정빈 역사소설

발 행 처 · 도서출판 **청어**
발 행 인 · 이영철
영 업 · 이동호
홍 보 · 최윤영
기 획 · 천성래 | 이용희
편 집 · 방세화 | 원신연
디 자 인 · 김바라 | 서경아
제작부장 · 공병한
인 쇄 · 두리터

등 록 · 1999년 5월 3일
(제321-3210000251001999000063호)

1판 1쇄 인쇄 · 2017년 8월 1일
1판 1쇄 발행 · 2017년 8월 10일

주소 · 서울특별시 서초구 효령로55길 45-8
대표전화 · 02-586-0477
팩시밀리 · 02-586-0478

홈페이지 · www.chungeobook.com
E-mail · ppi20@hanmail.net
ISBN · 979-11-5860-505-6(03810)

이 도서의 국립중앙도서관 출판시도서목록(CIP)은 서지정보유통지원시스템 홈페이지(http://seoji.nl.go.kr)와 국가자료공동목록시스템(http://www.nl.go.kr/kolisnet)에서 이용하실 수 있습니다.(CIP제어번호: CIP2017015021)

끄리츠

– 삶과 선택

작가의 말

저에게 있어서 글을 쓴다는 것은 삶의 등불을 켜는 일입니다.

항상 힘들고 괴로울 때 힘이 되어준 것은 확고한 주제와 내용의 글들이었으니까요. 비록 정답 없는 세상이지만 어두운 길에 빛을 켜주는 아름다운 글들에 전반했습니다. 그래서 글을 통해 희망을 찾기를 원했으며 내일의 행복을 위해 글에 감정을 토로해냈습니다. 포기하지 않는 원동력이 저에겐 필요했으니까요.

그렇기에 힘든 나날의 연속일수록 글은 저에게 힘을 줍니다. 글을 쓰고 읽는 것은 삶의 가치와 희망을 신뢰하고 믿게 해줍니다. 미약하나마 이런 마음이 다른 사람에게도 닿기를 원하며 이 소설을 쓰게 되었습니다. 어두워보여도 분명 모두에겐 자신만의 길과 빛이 있다고 생각하니까요.

쓸쓸하고 고독해도 분명 삶에는 즐길 만한 빛과 행복이 있기에, 문학이 즐거운 것이라 생각합니다.

시원한 바람이 새어 드는 마산 월영동 고시원 방 안에서

임정빈 올림

에필로그를 제외하고는 일부 사실 역사와 다른 점이 있습니다.

실존 역사를 존중하며 적었지만 엄연히 사실과 다르니 이를 주의해주시길 바랍니다.

차 례

Prologue. Der Große

『세상 사람들은 누구나 빛을 좋아한다.
선, 도덕, 양심, 밝은 내일이라고도 불리는 것을…….
이는 당연한 이치다.
선善의 결과들이 빛이 되어 저 하늘로 드높이 떠오른다면,
그 하늘 아래의 자신과 모두를 따뜻하게 쬐어줄 테니…….
하지만 빛을 따라가는 길은 제각기 다르다.
누군 이 길을 누군 저 길을…….
그리고 걷는 이유도 다들 저마다 다르다.』

"돌격하라! 적의 측면을 노려라!"

"일제히 적을 사격하라!"

1745년 6월 4일, 슈트리가우Striegau 근교의 작은 마을 호엔프리트베르크Hohenfriedberg에서 프로이센과 오스트리아 양측 군대 간의 격렬한 전투가 벌어졌다. 계승을 명분으로 일어난 이 전쟁에서 양측은 처절하게 싸웠으며 서로의 피를 대지에 흩뿌렸다. 총구에서 피어나오는 하얀 연기가 사방을 덮었

으며 포성은 천지를 뒤흔들었다.

이 작은 마을에서 신성로마제국의 대공국이자 황제인 오스트리아Oesterreich는 과거 자신들의 영토 슐레지엔Schlesien의 영유권을 되찾기 위해 전력으로 싸웠다. 그들은 자신들의 군대를 동원해 브란덴부르크Brandenburg 공국이자 프로이센Preußen 왕국에 적대적인 살의를 표했다. 병사들의 총구에 들어간 화약이 부싯돌의 점화를 받으며 서로에게 내리찍혔다. 하지만 프로이센의 군대는 이에 침착하게 대응했다. 그럴 만도 한 것이 이미 프로이센은 적의 예상보다 먼저 움직여 재빨리 마을 근처에 위치한 거인산Riesengebirge의 강을 도하, 오스트리아의 동맹군인 작센을 섬멸하고 전투의 우위를 점하고 있었기 때문이었다. 우위를 점한 프로이센군은 곧바로 오스트리아의 측면을 사정없이 후벼 파기 시작했다. 말들의 달리는 소리가 사방을 시끄럽게 만들 정도였다. 비록 처음엔 도하로 인한 어려움과 오스트리아 보병대의 강렬한 저항이 있었지만 각개격파의 효과가 서서히 보이기 시작했다. 이러할 때, 프로이센 왕국의 군주이자 브란덴부르크 공국의 지배자 프리드리히Friedrich는 적군 1열 오른편 근처에 있는 연대 하나를 지목하며 말했다.

"이때다. 용기병 제 5연대를 투입하라."

그의 말이 떨어지자 그의 왕국에서 용감하기로 소문난 바이로이트Bayreuth 출신의 용기병대가 적군의 측면을 타격했다. 프로이센의 용맹한 기병대장인 한스 폰 치텐Hans von Ziethen과 프리드리히 빌헬름 폰 자이들리츠Friedrich Wilhelm von Seydlitz의 지휘를 받으며 기병대들은 놀라운 성과를 보이기 시작했다. 아군의 보병대와 대치중인 오스트리아의 보병대들을 바람 앞의 낙엽처럼 쓰러트려버렸다. 피해가 없는 것은 아니었으나 적절한 시기의 공격은 강렬한 효과를 가져다주었다. 마치 선박들이 적에게 충각 공격을 가하듯이 말들은 적들을 밟아버리며 앞으로, 또 앞으로 나아갔다. 오스트리아 보병대는 이에 저항했으나 이젠 최선의 방법은 그저 질서 있는 후퇴뿐이었다.

그렇게 제1열이 쓰러지자 프로이센군은 바로 제2열의 측면을 노렸다. 프로이센의 용기병대는 적의 취약한 부분, 조금이라도 틈이 있는 부분을 집요하게 파고들며 적을 분쇄해갔다. 치텐과 자이들리츠는 전선 앞에서 일일이 적군 보병대의 진형과 상황을 파악하며 그때그때 보이는 틈을 바로바로 치고 벌려버렸다. 일이 이 상태까지 오자 이제 수는 역전되어갔다. 처음과 달리 작센군의 격파와 프로이센의 도하로 수가 적어지자 오스트리아군은 결국 퇴각을 결정할 수밖에 없었다. 오스트리아 군대의 지휘관인 로트링겐의 카를Prince Charles Alexander of Lorraine은 분해하며 군을 물리기 시작했다. 결국 호엔프리트베르크 전투는 오스트리아의 패배, 브란덴부르크-프로이센의 승리로 끝났다.

"완벽한 대승이군요. 전하."

프로이센의 국왕 옆에서 같이 전황을 살피던 안할트-데사우 공 레오폴트Leopold I, Prince of Anhalt-Dessau는 적군의 후퇴와 아군의 대승에 기뻐하며 자신의 주군에게 사실을 고했다. 이에 프리드리히도 만족해 공을 세운 기병대에 상을 내리라고 명하며 말했다.

"이번 승리는 바이로이트와 기병대들의 공이 큽니다. 그들 덕분이죠. 또한 기병대 지휘관들의 적절한 자기 판단이 이번 승리를 가져다주었어요. 정말로 적절한 임기응변, 고로 이제부턴 각 부대의 독자적 지휘권을 인정하는 방향으로 군을 개선하면 좋겠군요."

"임무형 전술…… 말이군요. 좋은 방법이십니다."

과거 자신의 제자였던 프로이센 국왕의 말에 안할트-데사우 공작은 감탄하면서 말했다. 그의 생각에는 분명 제자는 이미 자신을 뛰어넘고 있었다. 게다가 즉위 직후부터 이어온 행보를 보자면 분명 자기 자신의 꿈도 이루고 있었다. 즉위하자마자 사형제도 폐지, 빈민 구제, 고문 폐지, 종교적 차별 금지, 오페라 극장 같은 문화시설 건립, 사회문화 융성을 위한 당대의 계몽주의자인 달랑베르Jean le Rond d'Alembert와 같은 여러 학자 초빙 등…….

분명 그가 보기엔 좋은 군주가 될 덕목을 갖추고 있었다. 이러한 마음에 공작은 웃으며 자신의 주군을 칭찬했다. 정말 오랜만의 스승의 진심에서 우러나온 칭찬에 프리드리히는 웃으며 고개를 저었다.

"하하…… 과찬이십니다."

"과찬이라뇨? 전하께선 게르만 민족의 어느 군주보다 뛰어난 군주로 기억될 것입니다. 게다가 전 그다지 마음에 들진 않지만 전하께서 추진하시는 각종 계몽 정책들이 전하를 훗날 위대한 계몽군주로 기억되게 해줄 것입니다. 그러니 부디 지금의 자세를 유지해주소서."

공작의 말에 프로이센 왕국의 지배자는 웃음으로 화답했다. 그러나 그는 스승의 말에 크게 동감하지 않았다. 그는 기껏해야 자신이 계몽전제군주, 아니 그저 절대군주 중 하나로 기억될 것이라고 생각했다. 계몽보단 전제의 구름이 그의 이미지를 덮으리라고 보았다. 왜냐고 묻는다면, 그는 왕국을 위해서라면 전쟁이라도 주저하지 않을 테니까.

하지만 그는 설사 그렇게 될지라도 그래야만 한다고 생각했다. 이유가 있으니까. 자신의 삶의 원동력이 되어주는 이유가. 살아가야 하는 각오가.

카테와 아멜리아를 위해서라도…….

"그래…… 밝은 내일을 위해서라면……. 그녀가 바라던 상냥한 세계, 사랑과 도덕이 당연시되는 아름다운 세계를 이루기 위해서라면 나에겐 힘이 필요해. 기존의 무언가를 부정할 힘이. 그렇기에 난 이제 멈출 수 없어. 하하…… 밝은 내일이라……."

그는 웃으며 푸른 하늘을 쳐다보았다. 구름 한 점 없는 드높은 하늘을.

I. flûte

『프로이센을 알고 싶다면 프리드리히 2세의 성격을 연구해야 한다.
자연으로부터 아무런 혜택도 받지 못했으나 군인이 지배자가 됨으로써
강국이 될 수 있었던 이 나라를 한 남자가 창조했다.
프리드리히 2세 안에는 전혀 다른 두 인물이 존재한다.
즉, 본성 면에서는 독일인이, 교육 면에서는
프랑스인이 존재하는 것이다.』
– 마담 드 스탈Mme de Germaine de Staël

"프리츠…… 프리츠!"

"으…… 응……?"

누군가의 흔듦으로 어두웠던 시야가 서서히 밝아온다. 눈을 뜬 어린 소년은 살며시 들어 올린 눈꺼풀 사이로 사방을 수색했다. 그러곤 옆에서 자신을 흔드는 누이를 발견했다. 아직 정신이 다 차려지지 않았는지 프리츠Fritz라고 불린 소년은 눈을 비비며 무슨 상황인지 의아해했다. 이에 그의 누이인 빌헬미나Wilhelmine von Preußen는 뾰로통한 표정을 지으며 어서 놀자고 말했다. 그 말에 프리츠는 이제야 오늘이 일요일이고

같이 놀기로 한 날임을 기억했다. 하늘을 올려다보자 화창한 날씨가 자신을 반기고 있었다. 때마침 정상에 도착한 태양이 소년과 소녀를 감싸주었으며 향기로운 봄날의 냄새가 사방의 꽃들에서 피어나고 있었다.

소년은 이 향기로움에 취하며 자신의 누이에게로 달려갔다. 누이는 그런 동생을 껴안아주며 살며시 미소를 지어주었다. 그러곤 옆의 꽃을 꺾어 자신의 동생 머리에 꽂아주었다. 이를 본 프리츠의 다른 누이들도 그의 머리에 예쁜 꽃을 꽂아주며 상냥한 미소를 지었다. 그렇게 꽃을 꽂아주니 마치 꽃의 면류관을 쓴 듯했다. 프리츠는 꽃의 면류관을 쓴 채 누이들과 술래잡기 놀이를 시작했다. 소년, 소녀들은 티끌 하나 묻지 않은 순수한 미소를 지으며 서로 도망치고 달리고 했다. 이러한 앳된 소년, 소녀들의 달림에 주변 사람들은 그저 흐뭇하게 바라볼 수밖에 없었다.

특히 그들의 어머니인 소피아 도로테아Sophie Dorothea von Braunschweig-Lüneburg는 자식들의 놀이에 흐뭇한 미소를 지었다. 이대로만 예쁘고 순수하게 자라주었으면 좋겠다는 생각과 함께 말이다. 이는 왕자와 공주들의 보모인 마담 드 몽베일Madame de Montbail도 다르지 않아서 마담은 웃으며 왕비에게 말했다.

"밝게 자라고 있어서 참 다행이네요. 그렇지 않습니까 마마?"

"맞아요. 정말이지 이대로만 자라주었으면 좋겠어요. 정말 이대로만."

소피아 도로테아는 아주 순간이지만 약간 씁쓸한 미소를 지으며 화답했다. 마담은 그 미소를 놓치지 않았지만 그저 웃어 넘겼다. 씁쓸함의 이유를 그녀는 이해할 수 있었으니까. 그저 앞서간 두 형 덕에 태어나자마자 왕세자가 된 프리츠의 행운을 빌어줄 뿐이었다. 부디 왕관의 무게가 그를 무너트리지 않기를 바라면서. 이러한 마음을 아는지 모르는지 여전히 왕자와 공주들은 천진난만하게 왕궁의 정원을 노닐고 있었다. 유럽의 여러 꽃들이 그들을 즐겁게 해주었다. 하지만 서서히 점심시간이 다가오자 왕자 프리츠는 뛰다 말고 그만 정원의 들에 냅다 누워버렸다. 그러곤 하늘을 바라보며 불평을 해댔다.

"아~ 벌써 수업 시간이 다가오네. 더 놀고 싶다."

"수업? 수학이라도 하는 거야?"

프리츠의 말에 누나인 빌헬미나가 그의 얼굴에 자신의 얼굴을 맞대며 말했다. 옆에 앉아 허리를 굽혀 자신을 내려다보는 누이를 바라보며 프리츠는 약간 한숨을 내쉬며 답했다.

"아니. 우리 문학."

"에이~ 재밌지 않아?"

"아냐. 따분해. 나한텐 그다지 재미없어. 제국 왼편의 문학이면 모를까.”

프리츠는 누이의 말에 고개를 좌우로 저으며 답했다. 지극히 사실이었으니까. 이 어린 소년에게는 제국 문학은 그다지 재미가 없었다. 제국 왼쪽의 문학들이 더 재미가 있었다. 하지만 그의 아버지는 이를 좋아하지 않아 소년은 자신이 좋아하는 것을 마음껏 보질 못했다. 아버지의 그런 대응에 어린 소년은 삐질 뿐이었다. 그저 자신이 좋아하는 것에 끌릴 뿐인데 너무하다고 생각했다. 하지만 당장 어찌할 도리가 없었다. 아바마마의 말에 거역을 할 수는 없었으니까. 그저 소년은 한숨을 내쉬며 자신의 위에 드높이 떠있는 태양을 바라보았다. 그리고 오른팔을 하늘을 향해 높이 뻗었다. 따뜻하고 빛나는 태양을 향해 프리츠는 최대한 팔을 뻗어보았다. 그리고 오른손으로 태양을 한번 붙잡아 보려 시도했다.

하지만 진짜로 태양이 그에게 잡힐 리는 없었다. 붙잡는 시늉만 할 뿐이었다. 그러나 프리츠의 눈에는 자신의 손으로 분명 태양을 움켜쥐었다. 이에 프리츠는 천진난만한 미소를 지으며 웃었다. 동시에 그는 내일도, 또 내일도 태양을 움켜쥐리라고 마음먹었다. 왜냐고 묻는다면 빛이 좋았으니까. 따뜻함이 좋았으니까. 태양을 들고 모두에게 다가간다면, 분명 너무나도 따뜻해 다들 좋아해줄 것이라고 어린 소년은 천진난만하게 웃었다.

이윽고 점심시간, 왕가의 식구들이 모여 식사를 할 시간이 다가왔다. 왕비와 마담, 왕세자와 공주들은 호위병들의 경호를 받으며 식사 장소로 이동했다. 그곳에는 장신 연대라고도 불리는 포츠담 척탄 근위대Potsdam Grenadier Guards의 경호를 받는 이 나라의 군주, 프리드리히 빌헬름Friedrich Wilhelm이 탁자의 중심에 앉아있었다. 왕가의 식구들은 경호를 받으며 각자의 자리에 앉기 시작했다. 그렇게 다들 자리에 도착하자 브란덴부르크의 왕은 모두에게 식사를 들라고 말했다. 이에 다들 식사를 들기 시작했다. 하지만 얼마 가지 않아 다들 머뭇거리며 식사를 그다지 들지 못했다. 그 이유는 식탁 위의 음식들 때문이었다. 분명히 이들이 속한 국가, 브란덴부르크-프로이센은 약소한 국가가 아니었다. 제국 북부의 나름 강성한 국가에 속했다. 그러나 그들의 식탁은 그에 준하지 못했다.

그야말로 풀때기들. 왕가의 식탁이 아니라 농가의 식탁이라 해도 과언이 아니었다.

"뭐하는 짓들이야! 감히 내가 내리는 음식을 먹지 못해?"

다들 음식에 손을 대지 못하자 국왕은 분노하며 소리쳤다. 이 외침에 그제야 왕세자와 공주, 왕비는 우물쭈물해하며 조금씩 음식을 집어 들었다. 이러한 태도에 국왕은 더욱 분노하며 탁상을 주먹 쥔 오른손으로 크게 내리치고 자신의 근검절약에 대해 떠들어댔다. 물론 좋은 의미로 하는 말이지만 정말이지 일방적인 통보였다. 하지만 이미 예전부터 이런지라 왕가의 식구들은 그저 오늘도 아무 말 없이 수긍하며 들을 수밖에 없었다. 그렇게 얼마나 한참을 떠들어댔을까. 빌헬름 국왕은 헛기침을 한 번 하더니 다시 식사를 들라고 말했다. 물론 양배추를 들이대면서 말이다.

"자, 잘들 봐라! 이 양배추가 얼마나 먹음직스러운지를!"

왕가의 식구들은 그렇게 오늘도 양배추를 씹으며 끼니를 때웠다. 하지만 아무도 뭐라 할 수 없었다. 자신의 백성이라 할지라도 눈에 안 좋게 보이면 패고 보는 사람이었으니 말이다. 그래서 베를린 시내의 노숙자들은 국왕이 보이기만 하면 도망가는 것이 일상이었다. 보이면 일 안 한다고 때리니까. 하지만 빌헬름 국왕은 자신의 근검절약과 엄격함이 미덕이라 생각하며 오늘도 모두에게 강요에 가까운 부탁을 하며 식사를 진행했다. 그러한 마음가짐은 어느덧 왕세자에게로 타깃을 옮겨갔다.

"아, 그래. 왕자는 오늘 무엇을 했는고? 내가 시킨 것은 언제 할 계획이냐? 왕자가 문학을 좋아한다하니 『용맹한 장군 아르미니우스 혹은 헤르만Großmütiger Feldherr Arminius oder

Hermann』 같은 우리의 문학을 읽는다면 아주 좋아할 테야! 암, 암!"

국왕은 그렇게 말하며 다시 자신의 미덕에 대해 떠들어댔다. 왕이 가져야 할 나라에 대한 기본적인 기조와 사랑에 대해 실컷 떠들고는 다시 왕자에게 해당 수업에 대해 어찌 생각하느냐 말했다. 하지만 왕세자는 아직 10살도 안 된 어린아이. 본능적인 거부감을 감출 수가 없었다. 자신은 제국 왼편의 것들을 좋아했으니까. 이를 눈치 챈 국왕은 분노하며 소리쳤다.

"설마……. 내가 시킨 것을 안 할 것이냐!"

국왕은 탁자를 박차며 일어나 외쳤다. 이러한 태도에 놀란 왕비 소피아 도로테아는 자신의 부군을 달래기 위해 나섰으나 역부족이었다. 아무리 온몸을 다해 붙잡아 봐도 무리였다. 주변의 시녀와 근위대는 맞기가 싫어서 눈치를 볼 뿐이었다. 결국 국왕은 왕비를 밀쳐내고 왕세자에게 다가갔다. 프리츠는 그저 오늘도 두려움에 빠진 표정을 지으며 자리에서 떨 뿐이었다. 국왕은 그런 왕세자를 개의치 않고 바닥에 내동댕이쳐 버렸다. 그리고 모두가 보는 앞에서 구타를 하며 시킨 것만을 하라고 소리치고 또 소리쳤다.

"그깟 천박한 문학과 플루트 연주 따위에 시간을 허비하지 말라고 했거늘! 또 그따위 것들에 시간을 소비하다니! 날 우롱하는 것이냐?!"

"제발 당신, 좀 적당히 해요! 계속 이러면 정말로 친정인 하노버로 돌아가 버릴 거예요!"

"전하, 다 제가 허락한 탓입니다. 그만하시지요."

보다 못한 마담 몽베일이 국왕에게 호소했다. 국왕의 스승이기도 했던 마담은 자신의 말이라면 그래도 들을 것이라고 생각했으나 상황은 순탄하게 흘러가지 않았다. 프리드리히 빌헬름 국왕은 오랫동안 보아왔지만 마담은 너무 상냥해서 왕세자의 어리광을 받아준 것뿐이라며 전부 왕세자의 탓이라고 소리쳤다. 그러곤 왕세자를 들어 올리곤 목을 조르며 소리쳤다.

"죽기 싫으면 정확히 알아들어라 프리츠! 넌 특별해서 왕세자인 게 아니다! 왕세자로 태어난 덕에 특별하게 사는 것이지! 그럼 받아 처먹은 만큼 행동을 해!"

그렇게 외친 국왕은 다시 왕세자를 바닥에 내동댕이치고는 어서 다들 식사를 마무리하라고 말했다. 주변의 시녀들은 덜덜 떨면서 어지럽혀진 주변을 치우기 시작했다. 그저 왕비만이 자식에게 다가가 껴안으며 일으켜줄 뿐이었다. 지켜보던 마담은 그저 한숨을 내쉬었다. 당사자인 프리츠는 그저 너무하다는 생각뿐이었다. 끌리는 것에 다가가고 싶은 것은 인간의 당연한 욕구였으니까. 하지만 빌헬름 국왕은 엄격한 사람이었고 오늘도 그러했다. 자식이라고 예외는 없었다. 다른 이들도 이러한 사실을 알고 있었기 때문에 그저 말없이 식사에 몰입

할 뿐이었다. 이러한 때에 프리츠의 누나 빌헬미나만이 국왕의 눈치를 보지 않고 자신의 남동생을 빤히 쳐다보았다. 불쌍한 자신의 남동생을. 물론 프리츠는 최대한 태연한 표정을 짓고 있었지만 분명 누이는 느꼈다.

순백의 구슬에 검은 티끌들이 서서히 스며들어가고 있다는 사실을…….

"자…… 왕자님, 오늘 수업도 진행해볼까요?"

"네……."

그날 저녁, 궁전의 한 방에서 왕자의 교육이 시작되고 있었다. 웬만하면 휴일은 쉬겠으나 국왕은 왕자를 봐주지 않았다. 나라의 미래를 위해 교육에 박차를 가하라고 명했기에 오늘도 교육의 밤이 찾아온 것이었다. 마담은 정해진 대로 왕자의 교육방에 들어가 탁상에 앉아 여러 책을 꺼내들었다. 그러곤 여러 제왕학 책들을 탁상 위에 놓았다. 이에 왕자 프리츠는 침착하고 태연하게 저번에 수업받은 부분을 펼쳐들었다. 방금까지 아무런 일도 없었다는 듯이 왕자는 자리에 앉아 저번에 배운 내용들을 읊기 시작했다. 왕과 귀족의 관계, 군주의 지방 통치, 국가의 법률, 국가 중앙 행정에 대한 이해 등 어린아이라고는 보이지 않을 정도로 놀라운 수준의 이야기를 프리츠는 읊었다. 마담 몽베일은 그런 왕세자를 보고 감탄했다. 지금의 왕을 가르칠 때도 재능이 뛰어나다고 여겼는데 그의 아들은 더했으니 말이다.

하지만 한 가지가 염려스러웠다. 남들은 느끼지 못하겠지만 마담은 분명히 느끼고 있었다. 약간의 떨림을, 손과 목소리가 평소와는 아주 약간 차이가 있음을 말이다. 이에 마담은 조금 걱정스러운 마음에 오늘은 모험을 해야겠다고 느꼈다. 왕자를 위해서도, 나라를 위해서도 말이다. 무엇보다 왕자는 아직 어린아이였으니 충분히 어리광을 들어줄 때라고 마담은 생각했다.

그녀는 왕자를 위해 지인에게 부탁한 한 악보를 꺼내들었다. 프리츠는 아버지에 대한 무서움 때문에 갑작스러운 마담의 행동에 놀랐지만 마담은 왕자의 다친 뺨을 어루만지며 조용히 있어달라는 제스처를 취했다. 프리츠는 어안이 벙벙했지만 잠시 후 눈앞의 선물에 너무나도 새하얀 미소를 지으며 기뻐했다. 왕자가 가장 좋아하는 작곡가 중 한 명인 바흐Johann Sebastian Bach의 악보가 왕자의 눈앞에 놓였기 때문이었다.

바로 바흐가 얼마 전 브란덴부르크의 크리스티안 루트비히 공에게 헌정한 〈브란덴부르크 협주곡Brandenburg Concerto〉이었다. 마담이 바흐가 있는 쾨텐Cöthen에 아는 사람이 있었던 덕택에 어렵사리 구한 악보였던 것이다. 사실 구한 지는 보름은 지난 악보였다. 하지만 마담은 왕자가 정말 힘들어할 때 꺼내 줄 생각으로 가지고 있었고 오늘이 그 한계라고 느껴 꺼내든 것이었다. 프리츠는 기뻐하며 재빨리 악보를 펼쳐들어 읽기 시작했다. 바이올린과 플루트, 오보에, 트럼펫의 4중주가 아름답게 펼쳐진 악보는 아름답고도 화려한 선율로 프리츠를 들뜨게 만들었다. 특히나 플루트의 파트는 더더욱 그러했다. 고상하고도 아름다우면서 힘찬 악보의 음률은 퍼내도, 퍼내도 쏟아져 나오는 오아시스처럼 프리츠를 기쁘게 만들었다.

프리츠는 기쁜 마음에 친할머니 같은 마담의 품에 안기며 감사함을 표했다. 마담은 이 순간만큼은 왕세자가 아닌 친한 손자를 대하듯이 프리츠의 머리를 부드럽게 쓰다듬어주었다. 그러곤 마담은 오늘은 부왕 몰래 함께 편히 쉬자고 말했다. 프리츠는 그 말에 기뻐하며 마담의 선물들 다시금 들여다보았다.

그렇게 한참을 들여다보았을까. 어느 정도 시간이 흐르자 마담은 프리츠에게 말했다.

"그리 기쁘십니까?"

"응, 응! 바흐는 정말 멋진 작곡가니까! 실제로 만나고 싶어! 헨델도 보고 싶구!"

프리츠는 기뻐하며 외쳤다. 너무 기쁜 나머지 목소리가 새어 나갈 수도 있다는 사실을 망각한 채 좋아했다. 하지만 그 사실을 오랫동안 잊을 왕자가 아니었다. 총명한 왕자는 다시금 그 사실을 떠올리며 다시 우울한 감정에 빠졌다. 비록 계속 아무렇지도 않은 체했지만 아픔은 어린아이의 감정을 갉아먹었다. 감정이 복받쳐 오르자 왕자는 마담의 선물 위에 눈물을 떨어트리며 말했다.

"난, 난 단지 모두 앞에서 플루트 연주를 한번 해보고 싶을 뿐인데……."

왕자의 눈물에 마담은 놀라지 않고 재빨리 손수건을 꺼내 들었다. 그러곤 왕자의 눈물을 닦아주며 프리츠를 달랬다. 하지만 한번 복받쳐 오른 감정은 금방 식진 않았다. 왕자는 금세 아버지에 대한 불만을 내뱉어댔다. 사실 프리츠의 꿈은 상당히 소박했다. 좋아하는 것을 읽거나 마음껏 연주하는 것이 전부였다. 그리고 가끔 왕가의 식구들 앞에서 연주하며 즐거워하는 것이 고작이었다. 하지만 부왕은 그것을 허락지 않았다. 재미없는 전술 책이나 제왕학 책들을 고집하며 들이댈 뿐. 프리츠는 그저 즐겁게 살고 싶을 뿐인데 정말로 도덕적이지 않은 방식으로 나오는 아버지에 대해 불만을 가질 수밖에 없었다. 비도덕적인 아버지에 대해 투덜거리자 마담은 웃으며 프리츠의 머리를 쓰다듬어주며 말했다.

"우와~ 그럼 부왕은 정말로 못된 분이로군요. 그럼 왕자님은 그 반대인 도덕적인 삶을 사실 건가요?"

"당연하지! 난 그렇게 나쁜 사람이 되진 않을 거야!"

프리츠는 뾰로통하고 약간 화난 표정을 지으며 답했다. 이에 마담은 화사하게 웃었다. 착하게 살고자 하는 마음은 예뻐 보였으니까. 하지만 마담이 보기에는 딱 선을 긋는 마음가짐은 그다지 좋지 못했다. 마담은 이에 이야기를 꺼내들었다.

"왕자님은 예수님을 아시나요?"

"모를 리가 있겠어?"

독실한 프로테스탄트로 자라고 있는 프리츠는 당연하다는 듯이 말했다. 이에 마담은 기독교가 모시는 예수에 대한 이야기를 몇 가지 말해주었다. 기적에 대한 이야기보단 예수의 성품에 대한 이야기를. 그 이야기 속의 예수는 말 그대로 온화하고도 도덕적인 성인군자였다. 이러한 인생에 대해 어떻게 생각하냐고 묻자 프리츠는 본받아야 할 인생이라고 답했다. 선한 행동은 또 다른 선한 행동을 불러오기 마련이라는 답변과 함께 말이다. 도덕을 행해 그 도덕이 사회 전반에 펼쳐졌을 때, 사회 구성원인 자신에게도 돌아올 행복에 관해서 프리츠는 아는 대로 답했다. 어찌 보면 지극히 종교적이고도 교과서적인 대답에 마담은 웃었다. 틀린 말은 아니었다. 도덕적 가치가 사회에 퍼져나가서 나오는 이득은 상식이었으니 말이다. 하지만 마담이 보기에는 왕자가 너무 하나만 아는 것처럼 느꼈다. 마담은 기독교의 여러 갈래를 말하며 프리츠의 사고를 넓혀주기 시작했다.

"왕자님. 예수님을 믿는 종교가 몇 개죠?"

"우리들의 신교, 칼뱅과 츠빙글리의 개혁 교회, 가톨릭, 동방정교회……. 음……."

"한두 개가 아니죠? 다 같은 신을 믿는데 왜 이럴까요?"

"그야…… 믿는 방식이 다르니까? 자기가 좋아하는 대로 풀이를 하잖아."

프리츠는 마담의 말에 떠오르는 대로 대답했다. 즉흥적이고도 정확한 말에 마담은 웃으며 이야기를 이어나갔다.

"그렇죠. 하지만 다들 나쁜 사람들은 아녜요. 그저 자신이 믿는 대로 예수님의 덕을, 우리들의 도덕을 행할 뿐이죠. 하나가 맞고 하나가 틀린 게 아녜요. 그저 길이 다르달까……. 어찌 보면 서로 화합하며 나아갈 상대들이죠. 그처럼 부왕도 내색을 안 하는 것이지 왕자님을 싫어하는 것이 아니랍니다. 그저 왕자님을 강하게 키워주고 싶은 것뿐이에요."

"하지만……."

"빛을 따라가는 길은 여러 가지예요. 그 길이 난폭할 수도 있고 부드러울 수도 있어요. 심지어 자신들이 생각하는 빛이 잘못될 수도 있죠. 하지만 한 가지는 확실하답니다. 누구나 좋아지고 싶어 해요. 더 밝은 미래를 바라죠. 그렇기 때문에 부왕과 왕자님은 공통점이 있답니다."

"공통점?"

"예. 밝은 미래를 바라는 마음. 비록 부왕께선 그 길을 엄격함으로 정했지만 분명 왕자님의 부드러움과 같은 길을 걷고 있어요. 다른 길로 보이겠지만 언젠간 같은 길로 다시 만나게 될 거랍니다. 그렇기에 좋아하는 것들을 계속 아끼다 보면 빛의 종착점에서 모두와 만나게 될 거예요."

마담은 그렇게 말하며 왕자를 부드럽게 감싸주었다. 좋아하는 책들을 마음껏 읽어도 된다는, 선한 마음을 계속 가지고 있으면 언젠가 모두와 진정한 사랑을 나눌 수 있다는 말과 함께. 너무 부왕을 미워하지 말라는 말에 어린 프리츠는 크게 공감을 하지 못했으나 한 가지는 알게 되었다.

각자의 빛이 있음을, 그리고 자신의 빛을 이어가고 싶다는 마음을 말이다.

어린 프리츠는 아직은 잘 모르겠지만 선과 도덕을 행하고 싶다는 마음만 있다면, 이런저런 길을 택해도 좋을 것이라고 그는 생각했다.

종교적 관용에 대해 언제, 어디서, 누가 먼저 시작했는지는 말이 제각기 다르다. 허나 중부 유럽에서 적극적으로 먼저 타

국 교도들을 받아들인 나라는 단연 브란덴부르크였다. 신교 국가였던 탓도 있었지만 그 외 종교인들도 크게 거부하지 않은 이 나라는 한두 세대 전부터 위그노와 같은 서유럽의 종교 지식인들을 빠르게 흡수하고 있었다.

자크 뒤한Jacques Duhan은 그러한 케이스 중 하나였다. 위그노 교사인 그는 중부 유럽으로 넘어와 브란덴부르크의 베를린에 정착했다. 그러곤 어느 정도 세월이 지난 후 정착에 성공해 왕가의 가정교사 중 한 명이 되었다. 순탄한 인생이건만, 그에겐 요 근래 한 가지 고민이 있었다. 자신이 모시는 주군의 난폭한 습성 때문이었다. 왕자를 괴팍하게 다루는 국왕의 자세에 그는 혐오감을 느낄 정도였다. 이제 그 문제를 직접 국왕에게 건의해야겠다고 그는 느꼈다. 그런 생각이 들자 그는 바로 국왕에게 면담을 신청했다. 그리고 얼마 지나지 않아 수락이 떨어지자 그는 국왕의 집무실로 향했다. 안에는 브란덴부르크 공이자 프로이센의 왕인 프리드리히 빌헬름이 의자에 앉아 그를 기다리고 있었다.

"무슨 일인가? 면담을 다 신청하고. 자네답지 않은걸?"

빌헬름 국왕은 싱겁다는 듯이 웃으며 말했다. 하지만 자크 뒤한의 표정은 사뭇 진지했다. 교육자로서, 지식인으로서 해야만 하는 일이 있다고 생각한 그는 쫓겨날 각오로 정색을 하며 국왕에게 고했다.

“전하. 말씀 올릴 것이 있습니다.”

“뭔가?”

“왕자님에 대해 고하고 싶습니다. 왕자님은 아직 어린 나이니 웃는 모습에 더 열중하게 해주시는 것이 어떻겠습니까? 브란덴부르크가 그간 우리 위그노를 받아들인 것은 우리들의 지식 때문이겠지요? 우리는 강압적인 방식을 선호하지 않습니다. 자연 그대로의 방식을 더 소중히 여기죠. 부디 검토 바랍니다.”

자크 뒤한은 죽을 각오로 의견을 올렸다. 장신 연대원도 마음에 들지 않으면 때려죽이는 국왕의 이미지에 그는 식은땀을 흘릴 정도였지만 자신의 의견을 밝혔다. 빌헬름 국왕은 그의 말에 껄껄 웃으며 답했다.

“뭔가. 고작 그 말을 하려고 면담을 신청한 건가? 몰랐는데 그대도 제법 싱거운 사내였구먼! 싱거워~.”

“하지만 전하! 왕세자마마가 옳은 인간으로 성장하려면…….”

“그만! 그 전에 하나 물어보지. 그대가 보기에는 우리 프리츠가 음악과 문학을 더 잘하나 전술학과 행정학을 더 잘하나?”

국왕은 위그노 남교사의 말을 끊으며 물었다. 이에 자크 뒤한은 잠시 머뭇거렸다. 이는 질문의 답을 찾기 힘들어서가 아니라 답이 확연했기 때문이었다. 자크 뒤한은 인정하기 싫었지만 결국 무거운 입술을 떼어내며 답했다.

"그야…… 전술학과 행정학이지요……. 왕세자마마의 천재성은 에우로페 왕가들의 그 어느 후계자들보다 더 대단합니다……. 지적 재능이 이대로만 자라난다면 가히 대왕이라 불릴 정도죠……."

"그래. 그에 반해 음악과 문학은 내가 보기엔 그저 그런 수준이야. 그럼 자네가 이 아이의 아버지라면 무엇에 집중하고 싶겠는가?"

국왕은 당연하다는 듯이 위그노 남교사에게 말했다. 자크 뒤한은 그 말을 크게 부정하기 힘들었기에 차마 바로 대답할 수는 없었다. 하지만 폭력적인 방식은, 옳지 못한 수단과 과정은 인간을 해칠 수밖에 없다고 그는 생각했다. 왜 자신의 주군은 아들을 밝게 키우지 않는단 말인가. 그러한 생각을 고하자 국왕은 예상과 다르게 고개를 끄덕였다. 공감하고 이해한다고 말이다. 하지만 자크 뒤한의 연이은 질문이 시작되기도 전에, 먼저 국왕은 유럽의 지도를 펼치며 자신의 말을 내뱉었다.

"하지만 그 전에…… 자네가 보기엔 이 지도, 특히 우리의 영토가 어찌 보이는가?"

"그야…… 사방의 국가들 사이에 놓여 지정학적으로 불리해 보이는군요. 게다가 연결되어있지 않고 여러 군데에 흩어져 있는 영지들이 더욱 이 나라를 불안하게 보이게 합니다."

"그렇지. 게다가 이런 상태에서 귀족 놈들은 협조도 잘 안

하니……. 나라 밖은 강국들이 판치고 안은 언제나 경계를 바짝 세워야 하니 그야말로 우리는 아슬아슬한 살얼음판을 걷고 있는 셈일세. 이러할 때 후계자는 강인하게 클 수밖에 없네. 다른 곳에 여유를 부릴 틈이 없어. 잘하는 분야가 나라를 다스리는 데 유용하다면, 오로지 그곳에만 모든 힘을 퍼부어야 하네."

"……전하의 마음은 이해하지만 인간은 의지와 주장으로 살아가는 동물입니다. 숨 쉴 틈이 없는 길은 제대로 된 결과를 만들 수는 없습니다."

자크 뒤한은 브란덴부르크의 지배자의 말에 어느 정도 공감했다. 프로이센은 사방의 눈치를 볼 수밖에 없는 위치에 있었으니 말이다. 그러나 여전히 그는 폭력의 반대자였다. 그렇기에 되풀이지만 다시금 반대 의사를 표명했다. 그에게 있어서 강압적인 수단은 빛을 가리는 것과 크게 다를 바가 없었다. 하지만 빌헬름은 의외로 더욱 당당히 코웃음을 치며 위그노 남교사에게 말했다.

"그대는 나의 아들에 대해 아는 것이 정말 없구려. 나의 아들이 정말 싫어하기만 한다고 확신하시오? 장담컨대 프리츠를 다시 보시오. 나의 아들은 그 근본이 만민을 이끌 지도자니까. 자. 나가보시오."

프리드리히 빌헬름 브란덴부르크 공은 웃으며 나가라는 손짓을 했다. 자크 뒤한은 어쩔 수 없이 예를 갖추며 방 밖을 나갔다. 하지만 왕의 말에 크게 공감하지 못했다. 자신이 보지 못한 면이라도 있다는 것일까? 분명 그가 보기에는 왕세자는 문학과 음악을 사랑하는 사람이었다. 군과는 뭔가 어울려 보이지 않았다. 그저 행복하게 자라고 싶어 하는 어리광 많은 어린아이, 그것이 그가 본 프리츠였다. 일단 그는 국왕의 말도 있으니 다시금 왕가의 식구들에서 한 발자국 물러나 이 왕가를 관망해보자고 생각했다.

다음 날, 오늘도 왕가는 바쁘게 하루를 보냈다. 국왕은 집무를 보고 왕비는 국가의 어머니로서의 책무를 다하며 왕세자와 공주들은 하루 종일 열심히 공부를 했다. 그리고 해가 저물어가자 각자 자유 시간이 주어졌다. 왕가의 아이들은 해가 완전히 저물기 전에 밖으로 나가 뛰어놀기 시작했다. 그렇게 오늘도 다시금 왕궁의 정원에는 웃음꽃이 활짝 피어올랐다. 자크 뒤한은 해맑게 뛰어노는 아이들을 보며 밝게 웃었다. 웃는 삶이 얼마나 기분이 좋은가? 자크 뒤한은 그러한 생각에 비록 국왕이 금지하긴 했지만 나중에 몰래 프리츠가 좋아하는 시집을 전해주고자 마음먹었다. 마담이 그러하듯이 아버지가 허락해주지 않는다면 주변인이라도 달래주는 것이 아이가 잘 자라는 하나의 방도였으니 말이다.

그렇게 얼마나 아이들이 뛰어노는 것을 구경했을까. 어느덧 해가 거의 저물어갔다. 이젠 슬슬 돌아갈 시간이었다. 그렇기에 아이들은 마지막 꽃놀이를 하기 시작했다. 오늘도 서로의 머리에 꽃을 꽂아주며 웃었다.

그런 순간, 프리츠는 우연히 옆에 놓여있는 북을 포착했다. 흔히 행사에서 이목을 집중하기 위해서 쓰이는 북을 말이다. 프리츠는 잠시 동안 시야에 들어온 북을 별 생각 없이 쳐다보았다. 새로운 놀이를 원했던 것일까? 프리츠는 묘한 이끌림에 그 북을 들어 올려 양옆을 힘껏 치기 시작했다. 왕자는 서서히 옅어져가는 빛을 향해 움직이며 북을 마구 쳐댔다. 옆이 시끄럽다 느낄 정도로 치자 누이인 빌헬미나가 조금 짜증을 내며 왕자에게 말했다.

"프리츠! 그렇게 시끄러운 건 내다 놓고, 꽃 가지고 노는 게 어떻겠니?"

빌헬미나는 자신의 머리에 꽃의 월계관을 씌우며 말했다. 하지만 프리츠는 싱긋 웃으며 답했다.

"싫어~ 그런 건 전혀 도움이 안 되는 걸. 북치는 게 훨씬 도움이 되지! 차라리 내 행동에 잔뜩 호응을 해줘!"

프리츠는 그렇게 말하며 저물어가는 태양을 바라보며 북을 치며 걸어갔다. 마치 그 모습을 보자니 빛으로 모두를 이끄는 사자使者 같았다. 게다가 저물어가는 태양 덕에 꺼져가는 희망 속에서 모두를 인도하는 듯이 보였다. 웃으며 북을 치고 결국엔 누이들까지 이끌리게 하는 프리츠의 행동이 보고 있던 자크 뒤한의 기분을 오묘하게 만들었다. 그 기분에 자크 뒤한은 가슴속 깊은 곳이 눌리는 느낌을 받았다. 묻어두었던 무언가를 다시 건드는 느낌을 말이다. 그는 그 묘한 느낌에 싱긋 웃으며 북을 치는 소년과 이를 따르는 소녀들을 쳐다보았다. 말도 안 되지만 될지도 모른다는 생각과 함께.

"하하하! 역시! 그래야 내 아들답지! 암, 그렇고말고!"

한편 왕의 집무실에서는 프리츠가 실컷 북을 치고 놀았다는 이야기가 막 전파되고 있었다. 그 소식에 브란덴부르크 공은 기분이 좋은지 방이 떠나갈 듯이 크게 웃었다. 그러고는 옆의 시녀들에게 시켜 당장 궁정화가에게 가서 이 사실을 알리라고 명했다. 왕자가 북을 치며 노는 장면을 당장 그리도록 말이다. 비록 최근에 귀족들과의 불화가 심해져 머리가 아프기는 하나 그는 아들의 소식에 크게 기뻐했다. 걱정들이 알아서 달아나는 듯했다. 아들이 자신의 소망과 크게 다르지 않게 자라나리라고 생각하니 그는 정말이지 안심이 되었다. 그가 생각하기엔 분명 자신의 아들은 본능이 있었다. 지도자로서의 본능이, 그 자질이 말이다. 그러니 자연스레 당찬 기백을 상징하는 북을, 군의 진군을 상징하는 북을, 모두의 이목을 집중하기에 적당한 북을 집어 든 것이라고 그는 생각했다. 따라서 그는 더욱 군사, 행정, 제왕 교육에 박차를 가해야겠다고 생각했다.

그렇다고 아들을 존중할 필요조차 없이 자신의 마음대로 하겠다는 것은 아니었다. 포츠담 칙령Edikt Potsdam으로부터 흘러들어 온 위그노 교사들을 왕세자에게 붙여준 것도 그러한 마음에서였다. 하지만 그가 생각하기에는 지금은 난세였다. 뒤에서 몰래 놀게 해주는 것만으로도 충분히 과하다고 그는 생각했다. 그렇기에 그의 눈앞에서는 왕세자가 자신의 책무에 집중해주길 바랐다. 위로는 스웨덴, 왼쪽으론 프랑스, 오른쪽으로는 러시아, 아래로는 오스트리아로 둘러싸인 이 나라를 위해서도 그는 엄격함과 비정함이 미덕이라고 생각했다. 물론 강철을 망치로 두드리기만 한다면 오히려 부러질지도 모른다. 그러나 그 고비를 잘 넘긴다면 강철은 여느 강철보다 더 단단해질 것이라고 그는 생각했다.

“자. 오늘도 수업 시간이 다가왔습니다. 왕자님. 오늘은 제왕으로서 가져야 할 지식들을 배울 시간입니다. 그럼 교재를 펴주세요.”

다음 날. 오늘도 수업은 지속되었다. 점심을 먹고 프리츠는 자크 뒤한과 함께 방에 들어가 책을 펴들고 공부를 시작했다. 오늘은 나라를 다스리는 기술들을 배우기로 했다. 왕과 귀족 간의 견제와 균형, 타국과의 외교술, 지방에 행정력을 미치는 여러 방법들, 백성의 의견을 제고하는 방식 등을 프리츠는 오늘도 배우고 또 배웠다. 그러곤 얼마나 보았을까. 프리츠는 시녀들이 가져다주는 과일 간식을 집어 들며 자크 뒤한 앞에서 외운 것을 읊고 또한 그에 대한 생각을 말하기 시작했다.

귀족과의 균형의 중요성과 왕의 친림, 생산 인구 증강의 중요성과 국가 행정의 체계화에 대한 생각을 말하자 자크 뒤한은 감탄하며 올바른 생각이라고 답해주었다. 무엇보다 놀라운 것은 관용에 대한 언급이었다.

“본심이십니까? 이교도라도 괜찮다는 말씀이?”

“네. 우리에게 이득이 되며 동시에 그들이 내일을 바란다면, 그들의 신분만 보증이 된다면 좋은 것 아닐까…… 하고 생각했어요. 신앙도 신앙이지만…… 좋은 게 좋은 거니까요. 다르다고 해서 누구는 어둠을 좋아하고 누구는 빛을 좋아하는 게 아니잖아요? 분명 다들 밝은 걸 좋아해요. 도덕적인 삶에 모두 공감은 하니까요. 그러니 끝은 분명 같을 거예요. 우린 그걸 이용하면 된다고 생각해요."

프리츠는 그렇게 말하며 모두가 다른 취향을 가졌음을 언급했다. 지나치게 조숙한 어린아이의 말에 위그노 남교사는 자신이 살았던 곳의 닭고기의 대왕을 보는 듯했다. 물론 그 정도로 성장하려면 정말 많은 고비를 넘겨야겠지만.

그래서 그는 그 고비를 넘기게 해주기 위해 왕자에게 몰래 준비한 시집, 악보집들을 선물했다. 어차피 수업 시간이 남았기도 했으니 말이다. 그가 보기에는 왕자는 완전체로 성장할 가능성이 있었다. 그러나 삐뚤어진 인간이 되지 않기 위해서는 따뜻한 양분이 필요하다고 그는 생각했다. 국왕의 생각에도 어느 정도 동의하지만 사람은 차가움만 있으면 피곤한 법이다. 따뜻함만 있어도 문제가 되겠지만 두 가지가 적절히 혼합한다면 그는 최고의 결과물을 낼 수도 있다고 여겼다.

어쩌면 그 결과물이 당대 학자들이 모두 상상으로만 가지고 있는 그 무언가, 모두를 깨우치고자 하는 군주가 될 수도 있다고 그는 생각했다. 계몽을 품은 군주가.

어느덧 계절은 가을, 시간은 흐르고 흘러 마음의 양식을 더욱 차곡차곡히 쌓을 시간이 다가왔다. 하지만 오늘은 머리의 양식이라기보다는 몸의, 육체의 양식을 배울 시간이었다. 그 이유는 오늘 브란덴부르크의 수도 베를린에 준비되고 있는 큰 행사 때문이었다. 그래서 그런지 베를린 시내는 평소보다 사람들이 더욱 북적했다. 국가의 행사인지라 정부 관리인들이 이리저리 뛰어다니며 준비하는 모습을 쉽게 찾아 볼 정도였다. 백성들은 새롭고 멋진 것을 잔뜩 볼 수 있는 행사에 기대를 하며 벌써부터 거리에서 축제의 장을 펼치고 있었다.

그러나 프리츠에게는 여느 날과 다를 바 없는 날이었다. 여느 때처럼 공부하고 여느 때처럼 군사훈련을 참관하는 그런 나날과 다를 바가 없었다. 오늘의 행사도 그런 일들의 연장선상에 있었다. 오늘의 행사는 군사 퍼레이드였기 때문에 그에게 있어선 군사교육과 크게 다르지 않았다. 더욱이 부왕이 그러한 목적으로 퍼레이드에 참가시킬 예정이라 프리츠는 오늘도 피곤한 감정에 휩싸였다. 배우는 것들이 머리에 잘 흡수되는 것은 기쁜 사실이나 여전히 그에게 있어 군사와 리더 교육은 흥미를 돋우기엔 힘든 일이었다.

그래도 오늘 같은 유형의 행사가 있는 날은 평소보단 여유가 있었다. 이날의 행사는 브란덴부르크만의 행사가 아닌 유럽 각국의 인사들이 모이는 중부 유럽의 군사 퍼레이드였기 때문이었다. 그 덕에 왕자에 대한 관리는 평소보다 덜했다. 다들 그쪽에 이목을 쏟고 있었기 때문에 말이다. 그래서 프리츠는 오늘은 기회를 봐서 몰래 자크 뒤한이 주고 있는 책들이나 보자고 생각했다.

그렇게 편히 생각하고 있을 때, 축제의 시작을 알리는 축포가 하늘 위로 올랐다. 이에 관리들은 왕자를 데리고 지정된 장소로 향했다. 그곳에 도착하니 브란덴부르크의 자랑인 장신 연대의 병력이 모두의 앞에서 오와 열을 지키고 있었다. 그리고 이내 여러 악기들이 시작의 음악을 나부끼자 병력들은 일제히 일사분란하게 움직이기 시작했다. 휘황찬란한 제식과 사격술, 육탄 기술들이 모두의 앞에 펼쳐졌다. 브란덴부르크가 지향하는 작지만 누구도 쉽게 건들지 못하는 강한 국가의 면모를 모두에게 보이고 있는 것이었다. 국왕은 연습의 결과물에 만족해하며 웃었다. 그리고 보병들의 제식이 끝나자 8파운드의 거포들이 축제용으로 준비된 포탄들을 일제히 하늘로 쏘아 올렸다. 가지각색의 빛이 하늘 위를 수놓았다.

프리츠의 옆에 있던 교사와 관리들은 군사들의 행동 하나하나에 주목하며 왕자에게 자국 군대의 행동 방식과 기본 교리에 대해 가르쳤다. 안할트-데사우 공이라는 인물에 의해 체계성이라는 독보적인 특성을 지니고 있다는 자국의 군대에 프리츠는 감탄하고 배워갔다. 그렇게 어느 정도 교육과 축제의 시간이 지나가자 이내 슬슬 왕자에 대한 시선이 느슨해졌다. 일부 관리를 제외하곤 각자 다른 곳을 돕기 위해 달려갔다. 국왕과 프리츠의 어머니는 타국 인사들을 맞이하기 위해 다른 곳으로 간 상태라 이젠 그에게 크게 신경을 쓸 사람이 없었다. 평소라면 빌헬미나에게 놀러갔겠지만 요 근래에 프리츠는 골Gaul의 시집을 거의 못 봤기에 몰래 시집이나 보자고 생각했다. 그렇게 프리츠를 가엽게 여기는 남은 신하들의 배려로 왕자는 부왕 몰래 취미의 세계로 빠져들었다.

"과연 브란덴부르크의 군대는 가히 강력 그 자체군요. 이렇게 잘 훈련된 부대는 처음 봅니다! 우리가 한 수 배워야겠는걸요?"

"하하! 과찬이십니다! 브리튼의 붉은 연대를 누가 꺾을 수 있겠습니까? 하하!"

한편 프로이센의 국왕이자 브란덴부르크 공 빌헬름은 퍼레이드에 모인 각국 인사들을 영접하고 있었다. 각국의 감탄과 속 보이는 인사들에 그는 최대한 호탕한 웃음으로 답했다. 각국의 인사들은 브란덴부르크의 군대에 각자 분석을 하며 감탄하거나 경계했다. 이에 빌헬름은 자부심을 느꼈다. 오늘의 퍼레이드의 목적은 여러 강국들에게 브란덴부르크가 쉽게 건들 수 없는 강소국임을 알리고 싶었기 때문이었다. 그렇기에 그는 군대 양성에 힘을 썼으며 조세의 80%를 군에 부을 정도였다.

허나 그렇다고 그가 전쟁광이라는 것은 아니었다. 남들에게는 군인왕Soldatenkönig이라는 별칭으로 불리긴 하나 그는 극도로 전쟁을 피하는 사람이었다. 참전한 전쟁이라고 해봤자 최근에 일어난 스웨덴-러시아간의 대북방전쟁Großer Nordischer Krieg뿐이었다. 그에게 있어서 전쟁이란 불필요한 소음에 불과했고 최후, 최악의 수단이었기에 그는 외교적인 방편을 즐겨 쓰는 편이었다. 그렇기에 저번의 북방전쟁에서 러시아를 통한 외교 전략으로 스웨덴으로부터 베를린의 위쪽에 위치한 스웨덴의 포메른을 차지하기도 했다. 이렇듯 그는 전쟁을 혐오했다. 그저 자국을 강하고, 또 강하게 해 남들이 건들지 못하는 수준으로 키우는 것이 그의 목표였다. 즉 그는 전쟁을 피하기 위해 전쟁을 준비하고 있다고 해도 과언이 아니었다. 그는 전쟁을 피하려 군대를 기르고 실적제(관료 임명과 승진에 고과를 따지게 하는 법) 도입을 통해 관료들에게 채찍질을 가하며 국력을 키우고 있었던 것이었다. 그리고 쓰는 비용을 최대한 줄여가며 군에 투자했고, 그 결과물을 오늘 각국 인사들에게 여실히 보이고 있었다. 저번 전쟁으로 국력이 강력해진 제정 러시아도 놀랄 정도였다.

'훗. 이제 알겠는가. 우리의 강력함을!'

빌헬름 국왕은 각국의 인사들의 반응을 보며 그리 생각했다. 그리고 이러한 자신의 뜻을 아들도 알아줬으면 한다고 속으로 생각했다. 제발 자신의 아들은 전쟁을 즐기지 않기를, 그리고 평화를 지키기 위한 모든 노력을 하기를 그는 간절히 바랐다. 그는 오늘의 퍼레이드를 통해 왕세자 프리츠가 느끼는 바가 있기를 기대했다. 그러한 생각에 그는 왕세자가 어떻게 반응하고 있는지 보기 위해 잠시 각국 인사들에게 어디에 좀 갔다 온다고 말한 뒤 자리를 떴다.

하지만 불행하게도 왕세자는 부왕이 오는 줄도 모르고 몰래 제국 왼편의 시민 문화에서 비롯된 시집을 읽고 있었다. 사람이 자연 그대로 사람을 보고 본성을 추구하는 미덕이 고루 교합된 문구에 왕자는 감탄하고 있었다. 아버지는 군에 감탄하길 바랐건만 왕세자는 사고에서 비롯된 관념들에만 감탄을 하고 있던 것이었다. 그리고 이내 그것은 깔끔히 들켰다. 그야 아무리 주변 사람들이 왕자를 안타깝게 여겨도 국왕의 위에 존재하는 사람까지는 아니었으니까. 국왕의 부름에 그들은 강제로 응할 수밖에 없었다. 평소와 다름없이 버럭 화내는 외침에 신하들은 심장이 쪼그라져 제대로 대응할 수 없었다. 그렇게 프리츠는 들켜버렸고, 국왕은 오늘도 소리치며 때리려고 그에게 다가갔다.

하지만 덜덜 떨며 시집을 가슴팍에 꽉 껴안고 있는 자신의 아들을 보며 그는 잠시 망설임을 느꼈다. 그도 사람인데 연민의 감정을, 아들을 아끼는 감정을 느끼지 못하겠는가. 한 번쯤은 쉬게 해주는 것도, 뒤에서만큼은 허용해주는 것도 나쁘지 않았다. 아들은 명석하니 두 일을 병행하게 해준다면 어쩌면 둘 다 잘할지도 모르는 일이었다. 결국 정치란 사람이 사람을 이끄는 일이니 사람에 대해서 아는 것도 확실히 좋긴 했다. 그러나 그의 생각은 남들과 조금 달랐다. 어차피 사람들은 자신의 주의, 주장을 포기하지 못하는 생물이었다. 그렇다면 시스템으로 모두를 속박하는 것이 평화를 위한 일이라고 그는 생각했다. 싸우는 것이 인간의 본능이라면 군대로 억제력을 키우는 것처럼 말이다. 자신이 그러고 있는 것처럼. 문화의 인간으로 자라는 것도 나쁘지 않겠지만 그가 보기엔 인간의 사고의 결과물들은 서로 불협화음을 내는 것에 불과했다. 그럴 바엔 교육과 행정이라는 구속으로 아들을 군의 인간으로 자라게 해 국가의 안정에 힘쓰도록 키우고 싶었다. 비록 강제이긴 하나 나라의 장래를 위해서라면 그는 폭력도 필요하다고 느꼈다. 아들은 정반대의 생각을 가지고 있었지만 말이다.

“네 이놈! 또 나의 말을 무시해? 확실히 각인시켜줄 필요가 있겠군. 네가 어느 위치에 존재하는지 말이다!”

그는 아들을 붙잡아 강제로 밖으로 끌고 나갔다. 보다 못한 옆의 시녀들이 말렸으나 그는 들고 다니는 몽둥이로 시녀들을 패면서 끌어냈다. 피를 토하며 쓰러진 시녀들은 자신의 시야에서 서서히 멀어져 가는 프리츠를 보고 그저 눈물을 흘릴 뿐이었다. 프리츠는 그런 그녀들을 바라보며 소리치며 최대한 저항했다. 물론 쓸모없는 행동이긴 했지만.

그는 폭력적인 아버지를 바라보며 원망하고 또 원망했다. 어찌 아버지는 사람의 마음에서 나오는 멋진 것들을 무시할까? 사람을 정의하는 것은 마음에서 흘러나오는 것인데도 불구하고 아버지는 딱딱한 것들만을 좋아하며 인간의 사고에서 나오는 것들을 무시했다. 프리츠가 보기엔 그저 현재에 집착하는 것처럼 보였다. 아무리 평화를 위한 길이라고는 하지만 인간의 진보는 사고의 증진과 융합에서 나오는 결과물이었다. 새로운 생각들이 새로운 발전을 낳는 법이었다. 그리고 새로운 생각들은 가슴에서 나오는 문화에 그 근저를 두고 있었다. 프리츠는 그 길을 걸음으로써 세상에 도움이 되고 싶었다. 그런 내일을 바랐다. 그저 밝은 내일만을 바랄 뿐이었다. 모두가 모두에게 상냥해질 수 있는 세계를. 그러나 현재만을 고집하는 아버지에게 그는 불만을 가질 수밖에 없었다. 하지만 그는 아무 것도 할 수 없는 위치이기에 그저 참으며 달콤한 내일을 기대할 수밖에 없었다.

프리츠는 그저 손을 놓으라고 소리치고 또 소리칠 뿐이었다. 하지만 아버지는 남의 시선은 전혀 개의치 않은 채 모두의 앞으로 그를 끌고 갔다. 때마침 내리는 소나기에도 부왕은 자식의 건강보다는 교육이라는 폭력에 집중했다. 빌헬름 국왕은 각국의 인사들이 보는 앞에서 각인의 효과를 위해 아들을 패고 내동댕이치기를 반복했다. 아들이 진흙탕에서 구르는 것도, 옷이 더럽혀지는 것도 신경하지 않은 채 왕자로서의 책무를 다하라는 평소의 말과 함께 패고 또 팰 뿐이었다.

하지만 아무도 말리지 않았다. 각국의 인사들은 내정 간섭을 하면 안 된다고는 하지만, 베를린의 그 누구도 말리지 않았다. 아니 못했다. 다들 폭력이 두려워 지켜만 볼 뿐 차마 나서진 못했다. 프리츠는 그저 눈물을 흘리며 진흙탕 속에서 무언가가 필요하다는 느낌을 받을 뿐이었다. 이 상황에서 벗어날 수 있는 무언가를.

"오늘은 안심하셔도 됩니다. 부왕께서는 지금 귀족들과 회의 중이시니까. 오늘은 안 들킬 거예요. 아마……?"

"아마?"

"네. 뭐…… 불안하긴 하지만. 그래도 하나는 확실합니다.

왕세자마마의 생각은 그 누구의 것도 아닌 자신의 것이니까, 아무도 마음대로 꺾을 순 없어요. 그러니 부디 그 마음을 지켜주세요. 분명 왕자님이 좋아하는 것들은 언젠가 모두에게 도움이 될 테니까."

"응!"

하얀 눈이 내리는 그날, 순수함 그 자체라고도 볼 수 있는 새하얀 꽃들이 내리는 그날에도 수업은 진행되고 있었다. 몇 달이 지나도, 또 몇 달이 지나도 왕자에게 허락된 것은 그것밖에 없었으니 말이다. 하지만 여전히 자크 뒤한과 마담을 비롯한 왕자의 교사들이 왕자를 위해 뒤에서 최대한 배려해주고 있었다. 다른 길도 최대한 맛볼 수 있게 말이다. 자크 뒤한은 자신의 허락하에 부왕 몰래 수업이 끝날 시간보다 더 빨리 밖으로 나가는 프리츠의 모습을 바라보며 생각했다. 부디 왕자가 창문 밖의 눈과 같은 순수한 존재가 되기를, 그 마음을 유지하기를 말이다.

그렇게 교사들은 프리츠의 상태에 대해 걱정했다. 아무리 건의해도 부왕은 그 모양 그대로고 폭력은 유지되고 있으니 말이다. 하지만 의외로 왕자의 정신은 견고했다. 완전히 괜찮다고는 못 하겠으나 맑은 마음을 여전히 소유하고 있었다. 교사들과 같이 버팀목이 되는 존재들이 있었기 때문이다. 그의 누이 빌헬미나도 그런 사람 중 하나였다. 빌헬미나는 몰래 온

손님인 자신의 동생을 껴안으며 말했다.

"반가워 프리츠! 오늘은 못 놀러 오는 걸로 알고 있었는데."

"내가 누구야, 빨리 끝내고 왔지. 헤헷."

프리츠는 누이의 뺨에 자신의 얼굴을 비비며 말했다. 이에 빌헬미나는 안도의 한숨을 내쉬며 자신의 동생을 껴안았다. 그녀는 동생의 미소가 오늘도 이어지고 있다는 사실에 하나님께 감사드렸다. 부왕이 난폭한 사람인 것은 이제 세상의 모두가 아는 사실이었다. 그러나 빌헬미나는 폭력으로부터 동생을 지켜줄 수 없다는 죄책감에 항상 프리츠에게 미안한 감정을 가지고 있었다. 그래서 이 시간만큼은 그녀는 동생에게 행복을 느끼게 해주고 싶다고 마음먹었다.

"자 그럼, 오늘은 같이 그림 그리고 놀자!"

빌헬미나는 해맑게 웃으며 동생에게 말했다.

"그것은 무리한 부탁입니다. 전하는 어찌 그런 부당함을 요구하십니까?"

"다 나라와 그대들을 위한 것이오. 우리가 강성해야 그대들의 이익도 지켜줄 수 있는 법! 어서 새로운 조세법에 찬동하시오."

"그것은 무립니다!"

"뭐라?!"

한편 그 시간 브란덴부르크의 경외의 대상인 빌헬름 국왕은 각지의 귀족들과 토의를 하고 있는 중이었다. 토의 주제는 토지세로, 빌헬름 국왕은 세금을 부과해 부국강병에 쓰고자 했다. 그러나 대선제후의 등장 이래로 계속된 이권 양도로 인해 힘이 약해지고 있는 귀족들은 이에 크게 반감을 느끼며 거부 의사를 표하고 있었다.

"계속 그렇게 나오시면 전하께서 계획하고 계시는 칸톤Kanton제도에 동의할 수 없습니다!"

"뭐, 뭐라고?!"

귀족 대표의 말에 빌헬름 국왕은 놀라 소리쳤다. 원래 사이가 좋지는 않았지만 이번처럼 대놓고 귀족들이 반감을 표출하지는 않았기 때문이었다. 그러나 계속되는 열세로 인해 귀족들은 이번엔 물러나지 않기로 마음먹었다. 귀족들은 토지세 찬성의 조건으로 그들의 권리에 대한 보증과 새로운 이권을 요구했다. 하지만 빌헬름 국왕은 전혀 그럴 의향이 없어서 결국 그날의 토의는 성과 없이 마무리되었다. 국왕은 토의 직후 씩씩거리며 주변의 물건을 발로 크게 차버리곤 불평불만을 내뱉었다.

"빌어먹을 놈들! 나라가 부강해야 자신들의 지위도 유지가 될 수 있거늘……. 눈앞의 이익 따위에 눈이 멀어가지곤!"

국왕은 장기적인 이익에 대해 이해를 하지 못하는 귀족에 불평불만을 내뱉었다. 하지만 귀족과의 사이에 너무 긴장감이 돌고 있기에 한동안은 타협을 하며 토지세를 부과하고자 마음먹었다. 그는 기분이나 풀 겸 자신의 아들딸들이나 보러 가자고 생각했다. 아들딸들이 비록 자신을 싫어한다는 것은 알았으나 그도 아버지였다. 본심을 숨겨서 그렇지 나름대로 아끼는 마음은 있긴 있었다. 언젠간 자신의 생각을 일말이라도 알아줄 것이라는 생각과 함께 그는 회의장을 나섰다.

오늘도 자신들의 악운을 아는지 모르는지 프리츠는 누이 앞에서 플루트를 연주하고 있었다. 아름다운 선율이 빌헬미나의 손을 쉬지 못하게 했다. 그렇게 계속되는 감탄의 박수는 프리츠를 우쭐대게 할 정도로 기분 좋게 만들었다.

"아 참, 프리츠 오늘 누구 만난다고 하지 않았어?"

"아…… 어마마마께서 아는 귀족을 오늘 만나기로 하긴 했지, 참. 여기로 온다고 했으니 곧 오겠지."

프리츠는 누이의 말에 대답하곤 다시 플루트 연주에 심취해갔다. 그는 아버지의 소망과 달리 어머니의 소양을 따라가고 있었다. 그 덕에 프리츠는 귀족들과 원만한 관계를 유지하고 있었고, 주로 학식이 뛰어난 이들을 통해 원하는 선물을 받곤 했다. 교사들이 서적을 구해다 주는 것에는 한계가 있어서 왕비인 소피아 도로테아가 몰래 주선을 해준 것이었다. 그래서 프리츠는 부왕과 달리 귀족들과 친했고 그들에 대한 인식도 부드러운 편이었다. 프리츠의 생각으론 부왕이 차라리 귀족과 화친해 그중 인재들을 군에 투입하는 것이 더 좋아 보였다. 유능한 장교들은 부르주아지들이 아닌 귀족들에게 주로 나왔기 때문이었다.

하지만 지금의 프리츠는 어린아이에 불과했기 때문에 그다지 귀족들의 이목을 끌지 않았다. 그래서 아는 귀족은 아직 소수에 불과했다. 프랑스의 문학을 좋아하는 귀족 몇몇만이 왕자와 간혹 만나는 수준이었다. 오늘의 만남도 그중 일부였다. 프리츠는 그를 기다리며 악보를 보고 연주를 계속했다. 조금은 서툰 실력이지만 빌헬미나는 최대한 웃어주며 박수를 쳐줬다. 프리츠와 같은 어린아이긴 해도 동생과 달리 마음이 조숙했던 그녀는 동생이 기쁘기만을 바랐다.

그렇게 연주를 이어가고 있을 때, 노크 소리가 들려왔다. 빌헬미나가 문을 열자 지방의 한 귀족이 안으로 들어와 왕자와 공주에게 인사를 했다. 그는 브란덴부르크의 상업 귀족으로 지방에서 영지를 이끄는 부르주아지 형태의 귀족 중 한 명이었다. 왕비의 부탁에 그는 라이프니츠Gottfried Wilhelm Leibniz의 철학 서적인 『변신론(혹은 신정론, Essais de théodicée)』이라 불리는 책을 구매해 왕자에게 전달하기 위해 온 것이었다. 사실 책이 발간된 지는 어언 10여 년은 지났지만 국왕의 교육 정책으로 인해 이제야 왕자의 손에 들어오게 된 것이었다. 프리츠는 초롱초롱한 눈빛을 띠며 얼른 책을 받아 읽기 시작했다. 왕자의 열정에 지방 귀족은 웃으며 왕자가 물어볼 때마다 책의 내용을 해설해주었다.

"그렇다면…… 라이프니츠가 말하고자 하는 것은 결국 악도 하나의 선이라는 건가요?"

"네. 우린 항상 하나님이 주시는 시련에 절망하며 신을 부정하고 악을 통해 절망감만을 느낍니다. 하지만 하나님은 우리에게 의식을 주었답니다. 다른 피조물과 다른 자신만의 생각을 가질 수 있는 힘을 말이죠. 주의와 주장, 그리고 의식을 가질 수 있는 힘을 말입니다. 악은 그것으로부터 나오는 일종의 부가물인 셈이지요. 행복과 선을 위해 존재하는 부가물 말입니다. 우리는 항상 행복을 추구하지만 어떤 과정을 거쳐야 하는지, 그 과정이 어떤 결과를 낳을지는 아무도 모릅니다. 그래서 그 부딪힘 속 선택의 결과물이 악이라고 불리는 것으로 나올 수도 있지요. 고로 선과 악은 종이 한 장의 차이, 떼려고 해야 뗄 수 없는 것이라 볼 수 있습니다. 선을 행하려고 해도 그 행동에 누군가는 고통받을 수 있음을, 악은 결국 하나님의 의지에 반하는 것이 아님을 주장하는 것이 이 책의 주제라 할 수 있지요."

귀족의 해설에 프리츠는 감탄스러운 표정을 지으며 고개를 끄덕였다. 어린 왕자의 생각에 라이프니츠라는 사람은 천재가 분명했다. 귀족의 설명에 의하면 저자는 철학자이기 전에 위대한 수학자이자 공학자라고도 하니 분명 그럴 것이었다. 그러면서 프리츠는 선에 대해 곰곰이 생각했다. 도덕은 행해야 마땅한 것이었다. 단순히 선이라서가 아니라 선을 행함으로써 다가올 결과물 때문에 말이다. 도덕의 증진은 사회의 증진으로 이어지니 당연히 도덕적으로 행동해 그 혜택을 자신도 맛봐야 한다고 왕자는 생각했다. 허나 선과 악이 종이 한 장의 차이라면 어떻게 행동해야 할 것인지도 분명 고민해보아야 한다고 프리츠는 생각했다. 뿐만 아니라 각자의 행동을 부정하기만 해서도 안 된다고 생각했다. 진보와 증진은 기존의 것과 타인의 주장을 부정하는 데서 시작하지만 사람의 생각은 복잡하고 동시다발적이다. 고로 어떻게 받아들이냐와 어떻게 생각하느냐도 중요하다. 어떠한 선택을 해 선을 따를 것인지가 중요한 것이었다. 이 오묘함과 중요함에 프리츠는 한동안 책에서 눈을 떼지 못했다. 빌헬미나는 그저 어려운 책을 읽어 내려가는 동생에 대해 신기하게 쳐다볼 뿐이었다.

"자, 그럼 전 이만 가보겠습니다. 전하께 들키면 경을 치실 테니까요. 전하는 귀족들을 정말로 싫어하니까."

"하지만 경께선 말이 귀족이지 거의 부르주아지이지 않으십니까? 굳이 그렇게까지 경계 안 해도……."

"하하……. 그야 우리 가문이 작위를 받기 전까지의 과정이 있으니 그렇게 생각할 수 있으시겠지만……. 전하를 누구보다 잘 아는 마마 아니십니까? 그럼 이만……."

현재 브란덴부르크 국왕의 인성에 대해선 주변국들도 알 지경이었다. 왕비의 부탁에 조심스러웠던 지방 상업 귀족은 예를 표하고 그만 자리를 뜨고자 했다. 프리츠는 아쉬워했지만 이해할 수 없는 것은 아니었다. 귀족은 프리츠와 빌헬미나에게 인사를 한 뒤 방 밖으로 나가려 했지만 아쉬운지 발이 무겁게 느껴졌다. 그는 착잡해하며 고개를 뒤로 젖혀 프리츠와 빌헬미나를 바라보면서 방문으로 향했다. 그리고 별 의심 없이 나가기 위해 문을 열었다.

하지만 이내 그는 누군가와 부딪혔다. 방 안의 왕자와 공주를 보며 나가기 위해 고개를 뒤로 젖힌 탓에 방문 앞의 사람을 보지 못했던 것이었다. 바닥에 쓰러진 귀족은 사죄하기 위해 머리를 긁으며 일어났다. 그러곤 상대방의 얼굴을 바라보려 고개를 들었다.

"이, 이럴 수가……."

"여기서 다들 무엇을 하는 것이냐!"

상대방은 때마침 자신의 아들딸을 보러 온 국왕이었다. 국왕은 우연찮게 귀족과 프리츠가 만나 책을 건네받는 장면을 봐버린 것이었다. 운이 나쁜 프리츠는 오늘도 최악의 결과와 맞닥뜨리고 말았다. 프리츠는 절망하며 정말 운이 안 좋다고 생각했다. 그러나 그것은 약간 잘못된 생각이었다. 사실 부왕 몰래 놀고도 안 들킨 적이 훨씬 많았다. 그러나 부왕의 땅에서 지속적으로 딴짓을 하는데 몇 번은 걸려야 정상이 아닌가? 계속 금지된 일을 하면 때로는 걸리는 법이다. 그리고 오늘이 그날이었다. 빌헬름 국왕은 분노하며 프리츠에게 다가갔다.

"프리츠!"

프리츠는 그 모습에 덜덜 떨며 자리에 주저앉아 버렸다. 그나마 옆에 있던 지방 귀족이 양심의 가책으로 나서보았지만 역부족이었다. 국왕은 귀족을 다리로 밀쳐내며 죽고 싶지 않으면 어서 꺼지라고 외쳤다. 지방 상업 귀족은 강타당한 배를 부둥켜 잡고 국왕의 교육 정책을 비판하며 밖으로 나갔다. 빌헬름 국왕은 이에 코웃음을 치며 프리츠를 향해 한 걸음, 한 걸음 걸어나갔다.

"그만둬 주세요!"

결국 보다 못한 빌헬미나가 부왕의 앞에 서고는, 떨고 있는 프리츠를 뒤로한 채 양팔을 벌리며 동생을 지키고자 했다. 하지만 그럼에도 빌헬름 국왕은 망설이지 않았다. 이젠 딸에게도 폭력을 가하기 위해 오른팔을 하늘로 들었다. 그러나 빌헬미나는 당당했다. 프리츠에게 스스로가 원하는 지식을 탐구하는 것이 빛이라면 그녀에게 있어 빛은 소중한 사람을 지키는 것이었다. 그녀는 아버지를 비판하며 외쳤다.

"어째서 아바마마는 프리츠에게 그리 잔혹하신 겁니까?! 프리츠는 그저…… 그저 기쁘게 뛰어다니고 싶은 아이일 뿐이라구요!"

"그게 어쨌다는 거냐? 너는 이 나라의 군주에게 그딴 감상에나 젖어있으라고 하는 것이냐?"

"뭐, 뭐라고요?"

부왕의 말에 빌헬미나는 당황하며 좌우로 벌린 양팔을 땅으로 떨어트렸다. 부왕은 딸의 행동에 개의치 않고 자신의 정당성을 언급해갔다. 게다가 방금 전 귀족의 행동에 오해해 프리츠가 귀족과 연합하려는 순진무구한 생각을 한다며 아들에게 호통을 쳤다. 귀족을 믿지 말고 국왕에게 충성하는 말로 만들어야 한다는 말과 함께. 또한 프리츠가 읽고 있던 책을 집어 들며 인간의 주의, 주장보다 강력한 것은 무력이라고 소리쳤다. 빌헬미나는 인간의 마음을 무시하는 부왕에 대해 소름이 끼쳤다. 부왕에겐 그저 힘이 전부란 말인가? 빌헬름 국왕은 스스로에게 주어진 지키는 책무에 충실해야 한다고 믿었고, 어찌 보면 빌헬미나의 생각과 크게 다를 바가 없었다. 그러나 감정을 빼고 기계처럼 의무만 속행하는 것은 그녀가 보기엔 사람답지 않았다. 살아있다고 보이지 않았다.

"그런 미래도 없는 생활을…… 강요할 셈이십니까?!"

"나의 딸도 참 멍청하군. 미래라니? 왕의 책무라는 것이 그런 것이다. 네가 누구 덕에 살고 있다고 보느냐? 지켜지기 때문이다. 지켜지기 때문에 안심하고 네 동생과 놀아 다니고 있는 것이지. 이 나라의 백성들도 똑같다. 그렇다면 누군가는 이 나라를 지키는 역할을 해야 한다. 그러려면 감정 따위 있어서는 안 되지. 오로지 의무에만 미쳐야 할 뿐이다. 그리고 그 역할은 이제 너의 동생이 이어가야 한다. 그런데도! 너는 멍청하게 감싸들려고만 하느냐!"

국왕은 딸의 순진한 소리에 황당해하며 자신의 생각을 소리쳤다. 빌헬미나도 부왕의 그런 마음을 전혀 모르는 것은 아니었다. 자신도 언젠간 나라를 위해 원치 않은 상대와 결혼을 하게 될 것이다. 하지만 부왕의 말은 아들에게 죽은 채로 살아가라고 하는 것과 다를 바 없었다.

"그런 무미건조한 삶……."

"왕족이란 것이 그런 것이다. 빌헬미나."

"그런 변화 없는 삶을, 미래가 없는 삶을 프리츠에게 강요할 셈인가요?!"

“그렇다. 그게 왕좌의 무게라는 것이다.”

빌헬미나의 절규에도 부왕은 아무렇지 않게, 말 그대로 아무런 표정도 짓지 않은 채 답했다. 그리고 묵묵히 프리츠를 향해 걸어가는 모습에 빌헬미나는 절망했다. 그러나 비록 서책은 많이 읽지 않았지만 그녀에게 있어 싫은 것은 싫은 것이었다. 누구나 아픈 것은 싫은 것처럼. 설명하긴 힘들었지만 본능에서 나오는 욕구가 솟구친 빌헬미나는 부왕의 앞으로 가 다시 양팔을 벌리며 가로막았다. 이에 빌헬름 국왕은 다시 오른손을 들어 올렸지만 빌헬미나는 미동도 하지 않았다. 세상의 온갖 풍파를 맞은 얼굴에 세상의 때가 묻지 않은 얼굴은 당당히 맞서갔다. 고루함과 순수함의 부딪침이었다.

초롱초롱함과 열정이 적절히 교합된 눈빛에 빌헬름 국왕은 든 팔을 땅으로 내렸다. 그렇다고 그의 생각이 변한 것은 아니었다. 물러나지 않는 지고함에 다른 방책을 택하고자 한 것뿐. 빌헬름 국왕은 차가운 시선을 돌리며 방문 밖으로 나갔다. 그러자 빌헬미나는 얼른 동생에게 다가가 프리츠를 껴안으며 말했다.

“괜찮니?”

“으, 응…….”

프리츠는 누나에게 안기며 답했다. 그러곤 이내 참을 수 없는 눈물을 흘려냈다. 빌헬미나는 그런 동생의 눈물을 닦아주었다. 그렇게 한참을 두 남매는 서로 부둥켜안았다. 그리고 얼마 뒤 같이 밖으로 나섰다. 방문의 틈에는 빛이 새어 나오고 있었다. 남매는 빛을 따라 방문을 나섰다. 그러면서 프리츠는 새삼 누나에 대해 생각하게 되었다. 평소 그는 누나를 단순하게 보았다. 그녀는 전문 교육을 받지 않았으니까. 그러나 마음의 따뜻함만큼은 일류였다. 솔직히 방금 전의 태도는 너무 무모하고 멍청했지만, 그럴지라도 부드러운 마음이 있다면 그런 방법도 좋다고 프리츠는 생각했다.

중요한건 빛에 다가가고자 하는 마음이니까.

"그, 그게 무슨 말씀이십니까? 전하?"

"말 그대로지. 짐 싸시게나. 안 그러면 당신네 위그노들을 죄다 쫓아낼 테니. 당신 한 명으로 끝나는 것에 만족하라고."

다음 날, 왕의 집무실에선 빌헬름 국왕과 왕자의 위그노 교사 자크 뒤한의 면담이 있었다. 자크 뒤한은 왕으로부터 혼자 이 궁을 떠나라는 말에 당황했고, 분명 성실히 왕자를 가르치고 있었기 때문에 어이가 없으면서도 황당했다. 그러나 빌헬름 국왕의 생각은 단호했다. 그는 프리츠에게 소중한 것을 빼앗아 현실의 냉정함을 가르쳐주고자 했다. 그렇기에 국왕은 자크 뒤한에게 그간 몰래 프리츠에게 서적들을 준 사실을 알고 있다고 말했다. 그는 이날을 위해 그간 어느 정도 눈감아 온 카드를 쓴 것이었다.

"뒤에서 그대가 온 나라의 시집과 소설집들을 준 것을 내가 모를 거라고 보았나? 자넨 훗날 이 나라의 왕이 될 사람을 게르만 사람이 아닌 갈리아 사람으로 만들고 싶었나 보군."

국왕의 말에 자크 뒤한은 반박하지 못했다. 말의 의미는 그렇다 치더라도 행동한 사실 자체는 맞았으니 말이다. 그러나 그는 진심으로 왕자의 총명함이 아까워서 한 행동이었다. 왕자가 올곧은 인간이 되길 바랐다. 문무를 겸하며 사람의 감정을 이해하는 그런 지도자. 그러나 비정한 아버지는 아들이 자신의 길을 따르길 바랐다.

"도덕이라……. 도덕군자 좋지. 그러나 세상은 말이네, 명분과 도덕으로만은 살 수가 없어. 아깝지만 자네와 우리의 인연은 여기까지군. 뭐, 거부한다고 해도 좋네. 그땐 강제집행하면 그만이니 말이야."

자크 뒤한은 빌헬름 국왕의 말에 두 주먹을 불끈 쥐었다. 그러나 고용인이 고용주에게 대들 수는 없었다. 을은 갑의 말에 따라야 했다. 거절했다간 타인에게 못된 짓을 할 것이 분명했다. 자신의 주군은 그런 사람이었으니까. 피바람이 불 바엔 혼자서 나가는 것이 모두를 위해 옳다고 생각했다.

"알겠습니다…… 그렇게 하죠……. 그간 감사했습니다."

"탁월한 선택일세. 퇴직금은 넉넉히 챙겨줄 테니 지방 도시에나 정착해 여생을 풍족하게 보내게나. 아, 가기 전에 프리츠에게 인사는 하고~. 그래도 스승인데 얼굴은 보고 헤어져야지. 하하!"

국왕은 위그노 남교사의 선택에 자리에서 일어나 호탕하게 웃었다. 그러곤 그의 어깨를 툭툭 치며 살며시 미소 짓곤 자기 먼저 방 밖으로 나갔다. 입꼬리가 은근히 올라간 조금 저급한 그 미소에 위그노는 화가 치밀어 올랐다. 하지만 현실의 벽을 어찌 넘는단 말인가? 인정할 수밖에 없었다. 뜻대로 되지 않음을. 그러나 그는 생각했다. 분명히 이어지고 있다고 말이다. 비록 자신이 떠난다고 해도, 왕자가 뜻을 이루지 못한다고 해도 사람의 생각이 퍼져나가고 읽힌다면 다정함은 꾸준히 이어질 것이었다. 언어와 말의 힘이 언젠가는 무력을 이길 것이라고 그는 생각했다. 무력은 모두를 지배하려 해도 결국엔 못하지만 글은 알아서 모두를 지배할 수 있는 힘이니까.

그런 마음으로 자크 뒤한은 허심탄회하게 그간의 일을 회상하며 짐을 꾸리기 시작했다. 왕자가 잘 자라기를 바라면서. 제대로만 자란다면 성군이 될 자질이 있었으니까.

“정말…… 떠나나요?”

“네, 왕자님. 개인적인 사정으로 떠나는 것이니 용서해주십시오. 그래도 마담과 같은 다른 위그노들이 옆에 있을 테니 그리 심심하지는 않으실 겁니다.”

그날 저녁, 자크 뒤한은 왕세자 프리츠를 만나 마지막 인사를 하고 있었다. 비록 마지막 만남을 허락한 것은 왕자에게 박탈감을 느끼게 하려는 왕의 술수인 것은 확실하나 그래도 그는 마지막으로 왕자를 보고 싶었다. 하지만 명석한 프리츠는 대강의 상황을 파악했는지 눈물을 글썽였다. 이에 마음이 약해진 위그노 교사는 최대한 궁색한 변명을 하며 왕자를 달랬다. 지방에 아는 사람이 불러 일하러 가는 것이라며 다시 보게 될 것이라고 그는 말했다. 하지만 이윽고 분위기는 정적에 휩싸였다. 자크 뒤한은 암울한 표정의 프리츠를 바라보며 한동안 말이 없다가 허리를 숙여 왕자와 눈을 마주치며 말했다.

“우리가 배운 가치들을 기억하시나요?”

“배운 것들……?”

“네. 자유와 정의, 책임감, 거짓말과 속임수에 대한 경계, 그리고 도덕심을요……. 사람들은 간혹 군사력과 경제력만을 추구해 사람의 마음에서 흘러나오는 것들을 무시하곤 합니다. 음악과 글의 아름다움을 너무나도 간단히 무시하죠. 펜 따위는 칼로 부수면 그만이라고 하면서요. 하지만 세상을 윤택하게 하는 것은 펜의 힘입니다. 그리고 펜을 움직이는 것은 도덕심에서 나오는 올바른 마음이랍니다. 그러니 왕자님. 왕자님은 따뜻한 마음을 유지해주세요. 글을 읽고 연주를 하면서 사람의 마음에 귀를 기울여주세요. 그럼 분명 언젠가는 왕자님이 바라는 세상이 올 것입니다."

자크 뒤한은 마지막으로 자신의 생각을 프리츠에게 전했다. 도덕을 행하는 것의 중요함을. 도덕을 행해 올바른 길을 간다면 올바름의 혜택이 퍼져 모두가 좋아질 것이라는 말을. 이상적이지만 그렇기에 추구할 만한 길을 말이다. 프리츠 같은 아이들이 마음껏 뛰놀 수 있는 세상을 상기해주고 그는 일어나 갈 길을 향했다.

점점 멀어져가는 위그노 교사의 모습을 바라보며 프리츠는 그 생각에 동감했다. 왕자의 생각엔 그 말이 상냥한 세계로 가는 진정한 길이었다. 하지만 동시에 분노했다. 자신이 보기엔 분명히 좋은 말이었지만 그에 반대하는 부왕이 오늘도 이겼기 때문이었다. 게다가 부왕은 이젠 프리츠에게서 소중한 사람마저 훔쳐갔다. 프리츠는 항상 이상을 바라지만 지기만 하는 생활을 반복했다. 이상의 결과물이 얼마나 대단한지 알기에 그를 포기하진 못하나 고통스러운 삶에 프리츠는 절망했다. 정말이지 무언가가 끊어져 버리는 느낌이었다.

좋은 길을 걷고 싶다는 생각과 지금은 그러지 못하고 있다는 생각이 프리츠의 회로를 불태워버렸다. 이에 순간 신경이 날카로워진 프리츠는 서서히 비가 내리고 있는 하늘을 바라보며 붉으락푸르락한 표정을 지었다. 그러다가 다시 우울해져 고개를 숙였다. 그렇게 그는 허탈감을 느끼며 대지를 바라보곤 웃었다, 웃어댔다. 웃고 또 웃었다.

반쯤 실성한 사람처럼.

"와, 대단한 걸~ 역시 내 아들이야."

자크 뒤한이 떠난 지 보름 정도 시간이 흘렀다. 여전히 왕궁은 똑같은 일상을 보내고 있었다. 왕자는 공부와 휴식을 반복하고 왕비는 궁의 행사와 면담을 맡으며 공주들은 예절을 배우고 있었다. 지금은 때마침 휴식 시간이었다. 그날도 프리츠는 마음을 달래기 위해 휴식을 취하며 모두의 앞에서 플루트를 연주하고 있었다. 그의 어머니인 소피아 도로테아는 아들의 연주에 박수를 치며 찬사를 보냈다. 자상한 어머니는 아들의 연주에서 흘러나오는 아름답고 부드러운 선율에 감동한 것이었다. 그 자상함에 프리츠는 머쓱하게 웃으며 연주를 이어갔다. 빌헬미나와 공주들도 봄의 선율에 취하며 정원을 뒹굴 거렸다. 그렇게 오늘도 가족들은 휴식을 만끽했다.

그러나 누군가의 소식에 다들 두려움을 느끼기 시작했다. 시녀들이 부왕이 이곳으로 온다고 다급히 말한 것이었다. 이에 다들 부왕이 한마디 할 만한 것들을 죄다 치우고, 보자기 위에 과자 상자 몇 개만 올린 뒤 간식을 먹으며 이야기하고 있던 것으로 위장했다. 프리츠를 아끼는 왕비도 이젠 싸우기보단 그저 넘기며 사는 것이 좋다고 생각할 정도였다.

"다들 과자를 먹고 있었구려. 비싼 것이니 아주 가끔만 먹어야 할 거요!"

"하하…… 그래야죠. 당신은 이제 쉴 거예요?"

"아니, 일이 좀 많아서 애들이나 잠깐 보고 가려고……."

부왕은 그리 말하며 아이들을 향해 다가갔다. 그러나 식구들과 사이가 안 좋음을 방증하는지 아무도 선뜻 아버지에게 다가가지 않았다. 이에 부왕은 피식 웃고는 왕비에게 즐거운 시간을 보내라고 한 뒤 밖으로 나갔다. 어차피 사랑받는 길을 버린 지는 오래니까. 곧 부왕의 모습이 사라지자 왕비는 아이들을 껴안으며 다시 재밌게 놀라고 말했다. 그러곤 부왕 몰래 준비한 선물을 아이들에게 나누어주며 아이들의 기쁜 미소에 즐거워했다.

하지만 유독 프리츠는 그다지 밝은 미소를 짓지 못했다. 지금 이 순간이 행복하지 않은 것은 아니었지만 은근히 강요된 행복처럼 느껴졌다. 타인에 의해 박탈되고 겨우 허락된 행복 같았다. 왜 상냥함을 남의 눈치를 보고 전한단 말인가? 그렇게 생각되자 프리츠는 자신이 좋아한 것들에 대해 회의감이 들 정도였다.

하지만 그는 지금의 행복을 지키고 싶은 마음이 컸다. 분명 따뜻함을 느꼈고, 재미있고 기뻤으니 그 길을 버리고 싶지는 않았다. 그러나 자신이 할 수 있는 바는 없었다. 그렇기에 인간의 미적, 지적 가치를 추구할 수 있는 기반을 다지고 싶었다. 때를 이룰 수 있는 시간이든, 타인의 경외를 받을 수 있는 지식이든. 어찌 되었든 이 상황을 극복할 무언가가 필요하다고 프리츠는 느꼈다.

이 한을 풀 무언가를.

이러한 고독함에 부왕을 닮아가 비정해지는 프리츠의 표정을 보며 그저 빌헬미나만이 걱정할 따름이었다…….

II. éclaire r

『책에서 찾아낸 것은 화로의 불과 같다. 우리는 그 불을 이웃에게 건네고
집을 밝게 하며 이를 다른 이에게 전해 우리 모두의 것으로 만든다.』
– 볼테르Voltaire, François-Marie Arouet

"타인의 시선을 빌려 자신들의 체제와 풍속을 이런 독특한 방식으로 풍자하다니. 역시 다시 봐도 대단한 소설인걸."

이젠 어른이 거의 다 된 프리츠는 오늘도 몰래 한 책을 읽으며 감탄했다. 그 책의 이름은 『페르시아인의 편지』, 익명의 누군가가 (다만 세월이 지나 프리츠는 이 책의 저자가 몽테스키외Montesquieu라는 것을 이젠 알고 있긴 하다.) 약 8년 전 처음 출판한 편지 형식의 소설이었다. 이 책은 작중 화자인 페르시아

인의 시선을 통해 저자의 자국 프랑스의 현 세태, 특히 정부와 국왕의 지나친 전제적 권력에 관해 비판한 책이었다. 뿐만 아니라 과시욕이 넘치는 귀족에 대한 비판과 같은 풍속에 대한 이야기들도 있어 가히 진보적인 사고의 결과물이라고 할 수 있었다. 법률, 왕실, 정부, 풍습 등 당대의 문제점이라고 언급할 만한 것들을 교묘하게 재밌는 이야기로 풀어나간 책에 프리츠는 다시 한번 감탄했다.

물론 저자의 모든 생각에 동의하는 것은 아니었지만 진보적 사고관의 결과물을 왕세자는 흥미진진하게 읽어갔다. 기존의 질서에 부정하며 나온 새로운 사고는 도가 지나친 현재의 것들을 부정하며 힘차고 젊은 새로운 에너지를 생산하고 있었다. 분산을 통해 부패의 집합을 파괴하려는 사고와 저자가 걷고자 하는 길에 프리츠는 감탄했다. 자신의 아버지 때문이었을까? 힘의 집중이란 문제에 그도 어느 정도 공감할 수 있었다. 그리고 정부나 사회의 부정과 부패, 비정함과 제도의 잔인함을 고치고 그로 인한 혜택을 모두와 나누고 싶다고 생각했다. 선을 행하는 것은 그런 것이니까. 또한 불합리에 대한 타파를 비롯해 덕행을 당연시하고 각 나라와 정부에 맞는 형태가 있음을 말하는 문장은 그에게 많은 생각을 하게 했다.

'우리 브란덴부르크-프로이센에 이 생각을 적용하려면 어떠한 길을 걸어야 할까…….'

그는 책에 감명을 받아 사고 증진의 결과물을 근처에도 옮기고 싶다는 생각에 한동안 잠겨있었다. 하지만 반대로 말하면 부정함이 있기에 진보가 나온 것이었다. 진보란 기존의 것을 부정하면서 시작한다. 그 말은 기존의 여러 부당함이 여전히 사방을 묶고 있다는 것이었다. 책이 적힌 곳도 그러할진대 자신이 있는 곳은 얼마나 심하겠는가? 게다가 여긴 동적인 것보다 정적인 것을 좋아하는 군부의 나라였다. 프랑스 사상가들의 글들에 프리츠는 항상 감화되었지만 동시에 어김없이 떠오르는 현실에 그는 애매한 감정에 빠졌다.

'그래도 옮겨 심을 수만 있다면……'

그래도 그는 빛을 따라가면 자유로움에 빠져 살고 싶다는 자신의 꿈도 언젠간 이룰 수 있으리라고 생각했다. 그럼 사랑하는 것들을 몰래, 눈치 보며 탐하는 삶을 끝낼 수 있을 테니 말이다. 그의 가슴엔 여전히 좋아하는 것을 어떻게든 유지하며 지키고 싶다는 생각이 강했다. 아직 방법이 적다는 것이 한이긴 했지만.

"어이~ 왕자님. 뭐해? 수업 안 가고. 오늘은 재밌는 수학 시간이야~."

그렇게 생각할 때, 프리츠의 친우 페테 카를 크리스토프 폰 카이트Peter Karl Christoph Keith가 평소처럼 살며시 다가와 어깨동무를 하며 말을 걸었다. 그는 프리츠보다 3살 어린 동생으로 4년 전에 왕자의 하인 신분으로 만나 친해진 사이였다. 가족을 제외한다면 몇 안 되는 프리츠가 믿고 의지할 수 있는 그런 남자였다. 비록 정식 교육을 받은 적은 없지만 상당히 지적이며 감각적인 사내였다. 물론 시대가 시대인지라 기존 틀에 대해 거부감보단 동질감을 더 느끼긴 했지만 그래도 그 안에서는 유연한 사고를 하는 사내였다. 그래서 둘은 여러 생각을 공유했다. 카이트는 왕자의 고민을 잘 파악해 재밌는 이야기를 해주기도 하고, 부왕에 대한 정보를 전달해주어 프리츠가 최대한 삶을 즐기게 배려해주기도 했다. 허나 그는 프리츠의 친우이기도 했지만 동시에 여전히 프리츠의 하인이기도 했고, 곧 있을 수업에 대해 말해주려 달려온 것이다. 프리츠는 이를 듣곤 귀찮아했다.

"따분한 수업 시간이 또 찾아왔구먼……."

"에이. 그래도 쓸모 있는 수업이잖아? 제때 들으면 분명 쓸 일이 잔뜩 있을 거라구?"

입꼬리가 땅에 떨어지는 프리츠의 대답에 카이트는 웃으며 답했다. 이는 틀린 말이 아니었다. 전투의 꽃인 화포 사격에 가장 필요한 학문은 탄도학이고 그 기반은 수학이었으니 말이다. 그러나 연속되는 무감정한 시간표에 프리츠는 이미 충분히 지쳐있었다. 수의 논리는 통치와 정쟁에 최고의 방법이었으나 그에겐 그저 따분한 일상이었다. 그렇기에 감각을 요하는 소년은 가장 무감각한 얼굴로 회의감에 젖어버렸다. 그래도 그의 선택지는 평소와 크게 다르지 않았다. 고압적인 명령을 싫어했지만 누구보다도 그 명령을 지킬 수밖에 없는 위치에 있었으니 말이다. 이젠 그저 떨며 대항하던 과거와 달리 묵묵히 따르며 기회만 노리는 능구렁이가 되어버린 것이었다.

"뭐. 가야지. 딱딱함만이 미덕이라고 믿는 국가에선 그런 거나 배워야 하니 말이야."

"하하. 또 그 소리 한다."

프리츠의 실없는 소리에 카이트는 웃으며 같이 수업실로 걸어갔다. 하지만 카이트는 알았다. 지금은 미약하지만 분명 그는 큰 인물이 될 것이라고. 지금이야 좋아하는 것들을 몰래 챙기는 삶에 만족해도 프리츠의 근본은 좋은 사람이라는 것을 카이트는 첫 만남부터 느꼈다. 신분의 차가 나지만 프리츠는 사람의 겉보다 안을, 마음의 힘을 먼저 평가했으니까. 그래서 둘은 친해질 수 있었다. 그리고 그 덕에 불합리에 대한 타파와 자유로움에 대해 둘은 공감대를 이루며 지식을 교환할 수 있었다. 그러니 언젠가 왕세자가 뜻을 펼치는 날이 오면 프리츠가 말한 좋은 세상이 올 수도 있다고 생각하며 카이트는 기대를 품고 수업실로 향했다.

'따분하군…….'

이윽고 수업 시간. 왕세자와 여러 귀족들, 그리고 브란덴부르크-프로이센의 뛰어난 젊은 장교들이 참가한 이 수업은 상당히 지적인 내용으로 구성되어 진행되고 있었다. 타국에 비해서도 부족하지 않는 양질의 수업이었지만 유독 왕세자에게는 마음에 들지 않았다. 이미 가정교사를 통해 배워서 그런 것이기도 했지만 감정이 실리지 않은 수업은 그에게 있어선 지루했다. 상명하복과 충성, 체계적인 계급사회가 당기고 이끌며 불필요한 부분은 깎아 내는 규율의 문화는 프리츠에겐 맞지 않는 옷이었다. 이 나라에는 미덕이라도 왕세자에게는 아니었다. 그가 생각하기에는 나라는 체제도, 영토도 아닌 사람이었다. 사람의 마음을 배제한 것은 좋지 않다고 생각했지만 엄격함에서 나오는 효율성으로 나라를 지키고자 하는 조국의 체제는 그를 괴롭게 했다.

하지만 이렇든 저렇든 프리츠에게 선택의 길은 결국 하나였다. 정해진 길을 따라가는 것. 이 당연함에 프리츠는 다시금 분노하고 삭이기를 반복했다.

'하, 아무리 생각해도 결국 가만히 있는 것이 정답이라

니……. 내 처지도 참 우습군.'

프리츠는 그렇게 생각하며 약간 실소했다. 서서히 가치가 떨어져 가는 삶에 그는 어이가 없었고 착잡함을 느낄 정도였다. 그래도 삶이 가져다주는 기회와 행복을 생각하며 일단 그는 정신을 차리자고 마음먹었다. 누이의 웃음을 위해서라도 말이다. 그래서 그 일환으로 일단 당장의 수업에 집중하자고 그는 생각했다. 때마침 수업은 뉴턴과 라이프니츠의 미적분학을 논의하고 있었다.

"그렇게 수의 세계는 하나로 생각하는 것이 가능해졌습니다. 실수와 허수를 동시에 계산할 수 있게 된 것이죠. 자, 카테군. 그럼 이 미적분학이 우리의 세계에 가져다주는 의의가 무엇일까요? 단순히 수학의 법칙이 아니라 전체적으로 보았을 때 말이죠."

대략 수십 년 전에 세상에 나와 여러 법칙들의 근본을 뒤흔든 학문에 대해 수업은 이야기하고 있었다. 세상을 바꾼 힘에 대해 지목받은 사람이 어찌 대답할지 프리츠는 관심을 가졌다. 이윽고 교수의 지목을 받은 한스 헤르만 폰 카테Hans Hermann von Katte가 자리에서 일어나 답하기 시작했다.

"이 법칙은 단순히 생각해도 의의가 큽니다. 함수와 공간에 대한 지적 탐구의 확장을 가져다주었으니까요. 하지만 미적분학이 세상에 미친 효과는 단순히 이에 그치지 않습니다. 이 법칙은 세상을 역동적으로 만들었습니다. 동적인 세계를 변화의 세계로 바꿈으로써 현실을 내다보는 하나의 창구로 수학을 탈바꿈하게 해주었죠. 불변의 이데아가 깨짐에 따라 우리는 세상을 여러 가지 사고로 바라보아야 한다는 것을 깨달았습니다. 여러 변화에 맞추어 법칙을 세워야 함을 말이죠. 또는 하나의 법칙을 이런저런 방식으로 응용해야 함을 말입니다. 따라서 격변의 세계에서 학문이 어찌 대응해야 할지를 우리에게 가르쳐주었습니다. 또한 우리가 세상을 어찌 바라보아야 하는지도 가르쳐주었습니다."

그러면서 카테라는 인물은 변화에 대해 긍정했다. 변화는 이 시대에 필연이 되었으며 그것이 우리의 숙명이라면 앞으로 진보를 두려워하지 말고 새로운 것을 발굴하는 자세가 모두에게 필요하다고 그는 말했다. 지금의 유럽은 오래된 질서가 지배하는 세상이었다. 이러한 세상에 그런 말을 꺼내니 프리츠는 상당히 흥미로웠다. 카테라는 인물에 대해 관심이 갈 정도였다.

'호오. 새로움을 긍정하는 바보가 또 있을 줄은……. 저자는 분명 군인이라고 들었는데…….'

하지만 동시에 미리 들은 정보에 왕세자는 의아했다. 그는 분명 같이 수업 듣는 이들에 대해 마담에게 들은 바가 있었다. 모두가 유능한 인물들이니 친하게 지내라는 말과 함께. 하지만 정적 그 자체인 군인의 입에서 저런 말이 나올 줄은 그는 생각하지 못했다. 곧 프리츠는 카테라는 인물에 흥미가 생겼다. 카이트 이후로는 오랜만이었다. 카이트는 아는 지식이 적은 탓에 정리하지 않은 채 대놓고 밝음의 뜻을 꺼내들었다면, 이번엔 정리정돈이 잘된 상태의 빛이 보이는 듯했다.

그래서 프리츠는 수업 시간이 끝나자 카테에게 다가갔다. 젊은 육군 장교는 이 나라의 왕자가 다가오자 예를 갖추며 인사했다. 프리츠는 편안히 있으라고 말하며 방금 전의 뜻을 물었다. 이에 의외로 카테는 오히려 자신이 의아해하며 프리츠에게 물었다.

"왕세자마마도 참 당연한 것을 물으시군요."

"당연해?"

"예. 왕세자께서는 군인이 존재하는 이유가 무엇이라고 생각하십니까?"

"그야 지켜야 할 것을 지키기 위해 존재하는 것이지요."

"그렇습니다. 저는 제 의무를 다하기 위한 방법으로 그렇게 말했을 뿐입니다."

카테는 프리츠의 의문에 웃으며 답했다. 카테가 생각하기엔 지켜야 할 것을 지키기 위해 싸우는 존재가 바로 자신과 같은 군인들이었다. 그러나 싸워 피를 흘리는 것은 최후의 수단. 백성들의 토지가 전란의 장소가 되는 것은 최악이었다. 그래서 그는 차악의 선택이 필요하다고 생각했다. 그것이 외교든, 국가의 발전을 통한 억제력 생성이든.

"저는 요 근래에 부르주아지와 평민들 사이에서 뜨고 있는 여러 사상들, 기존 체제에 대항하는 여러 사상에 대해서는 그리 잘 알지 못합니다. 하지만 지켜야 할 것이 있다면 그게 무엇이든 무슨 상관입니까? 도움이 된다면 무엇이든 받아들여야 합니다. 부국강병책에 도움이 된다면 그게 무엇이든. 우리의 소중한 것을 지키기 위해 넓은 포용성을 지녀야 한다는 것이 저의 신조입니다."

아쉽게도 카테는 자신과 같은 계몽사상에 관심 있는 사람은 아니었다. 오히려 군인답게 구체제에 더 익숙한 남자였지만, 그는 동시에 넓은 사고관의 소유자였다. 필요하다면 기꺼이 받아들일 수 있는 자세가 지키고자 하는 열정과 합쳐져 있었다. 소중한 것을 위해서라면 무엇이든 괜찮다는 마음가짐이 프리츠와 어느 정도 일맥상통했다. 결국 둘의 소원은 밝은 내일이었으니까.

"나와 완전히 동일한 것은 아니지만 좋은 생각이군요. 내 소개를 하죠. 전 프리드리히 폰 호엔촐레른Friedrich von Hohenzollern이라고 합니다."

"아, 저는 한스 헤르만 폰 카테라고 합니다. 앞으로 잘 부탁드립니다."

좋은 세상을 바라는 두 남자가 만나는 순간이었다.

첫 만남 이후 카테와 프리츠, 그리고 카이트는 절친한 사이로 발전하게 되었다. 결국 셋이 바라는 세상은 크게 다르지 않았기 때문이었다. 도덕이 흘러넘치는 세상, 서로가 서로를 상냥하게 보는 세상을 그들은 바랐다. 그리된다면 자신에게도 상냥한 빛이 내리쬘 테니. 비록 그 길로 가는 방법은 조금씩 달랐지만 결국 목적은 같았다. 그래서 그들은 서로를 이해할 수 있었다. 비록 나이도, 신분도, 태어난 곳도 제각기 달랐지만 말이다. 빠른 시간 안에 셋은 서로 말을 놓을 정도로 친해지게 되었다.

하루는 맏형 카테가 프리츠에게 물었다.

"너는 그래도 이 나라의 왕자잖아? 어차피 이 나라의 모든 것이 죄다 네 것이 될 텐데 왜 그리 불만이 많아? 어차피 너의 손바닥 위 아니야?"

"아무리 내 것이라고 해도 내 취향이 아니면 짜증나는 게 당연한 거 아니겠어?"

"하하…… 취향이라."

"확실히…… 우리나라는 다른 제국의 국가들에 비해서 뒤어나지. 그들이 기껏해야 자급자족의 농업국가인 것에 비해 선대왕들의 노력으로 제조업과 중상주의가 발달한 나라야. 게다가 관료 체제에 대한 일신으로 저렴하고 효율적인 행정은 확실히 제국 왼편에 비해서도 꿀리지 않지. 주먹구구식의 행정에 비해 관방학Kameralwissenshaft은 깔끔하니까. 뭐, 아직 내가 보기엔 발전해야 할 부분이 많긴 하지만."

그렇게 답하며 프리츠는 2년 전에 부왕의 명으로 할레 대학교와 프랑크푸르트 대학교에 세워진 관방학 강좌에 대해 언급했다. 브란덴부르크는 국가 관리에 필요한 행정 기술을 가르치는 것에 목적을 둔 이 종합 학문을 통해 국가의 대외 경쟁력을 키우고 있었다.

"하지만 그뿐이야. 관방학도 그저 왕의 권력 강화의 시녀일 뿐이지. 행정 체제를 통폐합하고 일신하는 것은 좋아. 행정에 비는 비용을 혁신적으로 감소시켜서 체제를 효율적으로 돌아가게 하는 것도 좋다 이거야. 하지만 그 힘을 전부 군에만 돌리면 상생에서 뿜어져 나오는 힘을 우리는 갖지 못하게 돼."

프리츠는 약 6년 전 재정국과 군부를 합친 전쟁재정총국GeneralDirektorium의 설립에 대해 언급하며 말을 이어갔다. 그 방식 자체는 나쁘지 않았다. 의외로 당대의 국가들엔 은근히 불필요한 기구들이 많았다. 그렇기에 힘의 집중은 경쟁력의 상승이었다. 허나 그렇다고 국가의 총력을 모두 힘에만 집중하는 것은 아직은 어리다고 볼 수 있는 왕자가 보기에는 무식해 보였다. 그가 생각하기엔 진정으로 나라의 발전을 바란다면 여러 기술과 학문을 총합하며 나아가는 것이 좋아 보였다.

결국 모든 것은 유기적으로 연관되어 있었다. 서로 영향을 주고받기에 서로 자극을 주고받으며 학술과 체제를 발전시킨다면 그 결과물은 지대할 것이었다. 빛으로 가는 길은 한두 개가 아니니까 전부 용인한다면 좋은 시너지가 나올 게 분명했다. 하지만 이 나라는 경직되어 아낀 돈을 군에 붓는 데만 힘을 쓰고 있었다.

"호오……. 그럼 우리 차기 브란덴부르크-프로이센의 통치자께서는 어떤 세상을 꿈꾸시는데?"

프리츠의 말들에 카테는 흥미로운 시선으로 물었다. 의외로 이 질문의 대답은 간단했다.

"간단하지. 자유로움과 진보적인 사상이 넘치는, 우릴 억압하는 모든 불합리를 타파하는 세상이지. 상냥함도 함께 공존하는, 도덕적인 세계."

"이상적인걸."

언론의 자유, 사형제의 폐지, 종교에 대한 관용 등 프리츠는 도덕을 기반으로 한 더 나은 세상을 언급했다. 남들이 보기에는 어수룩하고 순진해 보일지도 몰랐다. 어찌 보면 그저 위에서 내리는 계몽사상의 결과물로 보일 수도 있었다. 어떤 급진적 사상가들은 완전히 평등한 권리까지 바라고 있었으니까. 그러나 확실한 것은 도덕의 증진은 분명 사회의 평안을 낳고 모두에게 이익이 된다는 것이었다. 적어도 셋은 그렇게 공감했다. 그렇기에 카테와 카이트는 프리츠에게 손을 내밀며 말했다.

"그게 네가 바라는 상냥한 세계라면 같이 가주겠어."

"뭐, 나도. 헤헤."

"아, 정말 고마워."

그렇게 셋은 완전히 신뢰 관계를 구축하게 되었다. 모두 빛이 넘치는 내일을 바랐으니까.

"그렇다. 잘못 듣지 않았다. 브리튼으로 가라. 그 섬은 제도와 문물, 군사가 발전된 나라이니 배울 것이 많을 것이다. 한 번쯤 그런 나라를 견학하는 것도 나쁘지 않지. 확실히 배우고 돌아오거라."

다시 꽃이 피어나는 계절이 오자 부왕 빌헬름은 오랜만에 프리츠를 자신의 집무실로 불렀다. 한 가지 사실을 전해주기 위해서였다. 바로 왕세자의 견학에 관한 것이었다. 국왕이 보기에는 자국 내에서의 교육에는 한계가 있었다. 그래서 그는 오스트리아와 같은 주변의 선진국에서 직접 배워보는 것도 나쁘지 않다고 생각했다. 하지만 사실은 브리튼이 아니라 먼저 오스트리아에 보낼 생각이었다. 그러나 프리츠의 새로운 군사 스승을 맡긴 프린츠 오이겐, 전설적인 전쟁 영웅 사보이 공 외젠François-Eugène, Prince of Savoy-Carignan의 일정에 맞추어 보내야 하니 일정은 미루어졌다. 사보이 공은 현재 오스트리아와 폴란드 간의 불화에 일정을 보내고 있어서 빌헬름 국왕에게 양해를 구했고 그래서 브리튼에 먼저 보내기로 결정된 것이었다.

그렇다고 브리튼이라는 선택지가 나쁜 것은 아니었다. 국왕이 보기에는 천박한 부르봉 왕가에 보낼 바에는 에우로페의 균형을 바라는, 자신처럼 평화적 외교 노선을 지향하는 국가에 보내는 것이 더 좋아 보였다. 현재 브리튼의 리더는 로버트 월폴Robert Walpole로 전대 스태너프에 비하면 부드러운 술책의 소유자였다. 게다가 브리튼은 무역과 경제가 발달한 나라니 배우는 것이 나쁘지 않을 거라고 국왕은 생각했다.

여하튼 이러한 생각에 왕세자의 브리튼 행은 결정되었다. 위에서의 명령에 프리츠는 태연자약하게 부름에 답하겠다고 말했다. 부왕은 근래 들어 자신의 말을 잘 따르는 아들에 흡족해했고 쓸 자금을 넉넉히 주겠다는 말과 함께 이만 나가보라고 했다. 그 말에 프리츠는 천연스럽게 행동하며 밖으로 나갔다. 이러한 일들이 자연스러운 것처럼, 항상 부왕의 말에 따랐다는 것처럼 그는 예전과 달리 저항하지 않고 밖으로 나갔다. 감각이 무뎌진, 아무렇지도 않다는 표정은 밖에서 동생을 기다리고 있던 빌헬미나를 놀라게 했다.

"근데 우리도 왜 같이 가는 거야?"

"내 수발을 들 사람이 필요하긴 하잖아. 게다가 경호도. 일단 두 사람은 군인이잖아? 당연한 거야. 그냥 휴가나 간다고 생각해."

"많고 많은 사람 중에 왜 하필 우리 두 사람을 고른 거지?"

"그야 힘써준 사람들이 있으니까. 어머니도 그렇고 내가 완전 외톨이는 아니거든."

"이야~ 왕자님. 알고 보니 사교성이 좋았네?"

"하하. 칭찬으로 들을게."

그리고 이틀 뒤, 베를린을 떠나기 전날 카이트와 카테, 프리츠는 한창 짐을 싸고 있었다. 짧으면 3달, 길면 반년 정도로 잡힌 이번 일정에 그들은 필요한 것들을 열심히 챙겼다. 입국 및 여러 보호 조치를 받기 위해 필요한 서류들과 입을 옷, 가져갈 책들을 열심히 박스에 집어넣었다. 그러면서 셋은 어쩌면 휴가라고도 볼 수 있는 앞으로의 일정에 들뜬 채로 이런저런 장난을 치며 준비의 시간을 보냈다. 어느 정도 준비를 끝내자 셋은 짐을 챙기고 밖으로 나갔다. 밖에는 브리튼으로 가는 배가 있는 저지대Nederlanden까지 셋을 데려다줄 마차가 있었다. 그리고 그 마차 옆에는 프리츠의 누이, 빌헬미나가 셋을 기다리고 있었다.

"잘 갔다 와, 프리츠."

"응, 올 때 선물 사 올게. 누나도 여기서 잘 있어."

"하하, 그래. 자, 그럼 일단 이거 받아."

"뭐야?"

빌헬미나는 프리츠에게 자신이 직접 만든 우의를 건넸다. 빌헬미나는 브리튼의 수도 런던에 가본 적은 없지만 그곳의 소식은 대강 들은 바 있었다. 우중충한 날씨에 동생이 젖지 않길 바라며 자신이 만든 옷을 건넨 것이었다. 우의를 건네는 손은 서툰 실력 때문인지 상처투성이였다. 예상 못한 누나의 행동에 프리츠는 잠시 눈시울이 붉어졌다. 왕자의 주변은 따뜻함보다는 차가움이 넘쳤지만, 그래도 언제나 상냥함은 존재했다. 누이의 행동에 왕자의 표정은 부왕을 만났을 때와 달리 정말 자연스럽게, 사람다운 표정으로 풀어져 버렸다. 이러한 프리츠의 얼굴을 보며 누이는 마음이 놓였다. 요 근래 동생의 표정은 말 그대로 감각이 없었다. 기쁨도 슬픔도 오열도 환희도 없는 체로 그저 부왕의 명에 따르는 삶을 살고 있을 뿐이었다. 그래도 여전히 동생에게는 좋아하는 것들이 있었기에 완전히 비정해진 것은 아니었다. 그래서 빌헬미나는 잠시나마 밝게 웃는 동생을 보며 정말 안심했다.

'이 아이는 분명 좋게 자라날 수 있을 거야.'

빌헬미나는 그런 생각을 하며 웃었다. 그러곤 프리츠의 옆에 있는 카테에게 다가가 상냥히 웃으며 말했다.

"안녕하세요. 한스 헤르만 폰 카테 중위님…… 이라고 하셨죠? 카이트는 오래전부터 봐서 아는 사이지만 카테 중위님은 처음 뵙네요. 앞으로 잘 부탁드립니다. 그리고 제 동생을 잘 부탁드려요. 겉으론 안 그래도 분명 속은 착한 아이니까요."

그렇게 브란덴부르크-프로이센의 첫 번째 공주는 다소곳하게 동생의 친우에게 고개를 숙이며 인사했다. 이 광경에 뼛속까지 도리에 살고자 하는 군인인 카테는 놀라 당황하며 무릎을 꿇곤 반드시 왕자를 보필하겠다고 말했다. 그런 태도에 카이트와 프리츠는 그가 너무 딱딱하다고 웃었다. 하지만 카테에게 있어서는 그것이 미덕이었고, 빌헬미나의 동생을 부탁한다는 말에 반드시 그러하겠다고 말했다.

"걱정 마십시오, 공주님. 그저 단순히 지킬 뿐만 아니라 왕자님과 공주님을 위해서라도 왕자님의 뜻과 마음이 다른 것들에 꺾이지 않도록 분골쇄신의 마음으로 보필하겠습니다."

"고마워요. 카테 중위님."

"어이 카테, 아니 카테 형. 너무 그러지 마. 나도 누나도 그럼 부담스럽다고~."

"맞아~ 차라리 나처럼 이래야지. 험험, 그래 빌헬미나 누나. 왕자님은 내가 잘 지킬 테니 걱정 말고 푹 쉬고 있어! 올 때 누나가 가지고 싶어 하는 꽃 씨앗들도 꼭 챙겨올게."

카이트의 가볍지만 진심에서 나오는 행동에 빌헬미나와 프리츠는 웃음으로 화답했다. 카테도 자리에서 일어나 싱긋 웃으며 웃음의 장에 들어갔다. 그렇게 실컷 웃곤 빌헬미나는 프리츠를 바라보며 말했다.

"프리츠. 공부도 중요하지만 브리튼에 가서 시간이 나면 연애도 좀 하고 그러렴. 사교 파티도 참가해보고. 분명 좋은 경험이 될 거야."

"이야~ 연애! 누나, 나도 그러고 싶어요."

"안 돼~ 넌 내 동생 뒷바라지해 줘야지."

"헤헤. 역시 그렇죠? 아쉽네~."

빌헬미나의 말에 카이트는 웃으며 말했다. 이에 브리튼에 가서 부왕의 감시가 덜한 틈을 노려 책이나 읽고 사상가들이나 만나려고 한 프리츠는 약간 당황하며 웃었다. 연애라니, 생각지도 않은 발상이었으니 말이다. 그러나 빌헬미나는 장난이 아닌 진심을 담은 말이었다. 서서히 비정함에 물들어 가는 동생을 위해서라도 사람의 밝음을 한껏 받아들일 수 있는 감정을 느낀다면 분명 올바른 사람으로 커나갈 수 있으리라고 그녀는 생각했다. 밝게 사는 것은 언제나 자신에게 이득이었고, 도덕적인 삶도 착한 삶도 돌이켜보면 좋은 것이었다. 누이는 동생이 웃으며 살았으면 좋겠다고 생각했다.

"하하……. 노력해볼게, 누나."

"프리츠라면 분명 좋은 사람을 만날 것입니다. 공주님."

카테는 공주의 의도를 파악해 싱긋 웃으며 말했다. 빌헬미나는 부드러운 눈짓으로 카테에게 감사를 표했다. 그 표정에 카테는 좋은 누이를 둔 프리츠가 부러웠고, 이 가정의 행복을 지키고 싶다는 생각이 들었다. 무슨 수를 써서라도. 공주를 위해서라도 왕자의 마음을 지켜주고 싶다고 생각했다.

그럴 즈음에 결국 떠날 시간이 다 되었다. 셋은 아쉬워하며 마차에 올라탔다. 밖에서 손을 흔들며 셋이 떠나는 모습을 바라보는 빌헬미나가 서서히 셋의 시야에서 멀어져갔고 이내 사라졌다.

"좋은 누이를 뒀네. 프리츠."

"응. 누나 같은 사람을 위해서라도, 저런 사람들이 마음껏 살아가게 하기 위해서라도 다양함이 인정되는 그런 상냥한 세상을 난 바랄 수밖에 없어."

카테의 말에 프리츠는 싱긋 웃곤 마차의 창밖에 지는 태양을 바라보며 답했다. 그것은 그저 말뿐이 아닌 진심이었다. 프리츠는 비록 아직은 어리지만 그간 많은 사람들을 지켜보았다. 그리고 대부분 사람들은, 설사 왕족이라고 할지라도 힘없는 이들은 수많은 여러 현실 속에 속박되어있었다. 불합리한 옛것들은 힘 있는 자들에게 유리하도록 세상을 이끌고 있었고, 약자는 그에 억류되고 있었다. 자신도 마찬가지. 겉은 왕자라는 멋들어진 칭호를 가지고 있지만 자신이 하고 싶은 것들은 할 수 없었다. 그래서 왕자라는 신분의 그는 계몽사상에 눈을 뜰 수밖에 없었다. 자유사상가들의 말에 귀를 기울일 수밖에 없었다. 그러한 모든 사상에 동의하는 것은 아니지만 분명 하나는 확실했다.

누구나 밝은 내일을 바란다는 것.

도덕적인 삶이 배신을 받지 않는 그런 세상을 바란다는 것을 그는 깨달았다. 그리고 그는 분명히 그런 날이 올 거라고 생각했다. 아침의 태양은 어두움을 지우고 모두에게 따뜻함을 선사하는 법이니, 도덕이 당연하다는 것을 깨닫는 세상이 곧 올 것이다.

그렇게 생각하며 프리츠는, 셋은 브리튼으로 떠났다.

“여기가 브리튼의 수도, 경제의 도시 런던인가…….”

“듣던 대로 우중충하네. 하지만 이 위풍당당함, 마음에 들어.”

대략 며칠 뒤, 셋은 해양 강국 그레이트브리튼의 수도 런던에 도착했다. 수많은 군선들과 상선들이 집결해있는 이곳에서 셋은 브리튼의 배려로 유람선을 타고 런던의 항구에 도착했다. 런던의 수많은 건물과 금융 시설들이 셋을 반겼다. 비록 입항할 때의 우중충한 날씨에 기분은 약간 좋지 않았지만 가히 유럽 최고의 도시다운 수많은 인구와 건물들은 셋을 압도했다. 이윽고 배가 정박하자 셋은 배에서 내렸다. 배에서 내리니 영국의 총리인 로버트 월폴이 다른 대신들과 함께 왕자 일행을 기다리고 있었다. 전임과 달리 전통적인 외교정책의 부활을 알린 그는 유럽의 균형을 위해서라도 제국 북부의 강자와 친해질 필요가 있었다. 그는 프리츠에게 손을 건네며 인사했다.

“안녕하십니까. 브란덴부르크-프로이센의 왕자님. 저는 이 나라의 재무상이자 총리이며 휘그당원인 로버트 월폴이라고 합니다. 국왕 전하께서는 일정 때문에 부득이 오시지 못한 점을 양해 부탁드립니다.”

"아닙니다. 현명하신 조지 국왕 전하께서 요새 바쁜 일정에 쫓김을 알고 있습니다. 월폴 경께서 맞아주신 것만으로도 영광입니다."

프리츠는 월폴의 말에 웃으며 화답했다. 월폴은 사무적인 말에 싱긋 웃으며 자신은 다음에 만나고 일단 오늘은 옆의 대신들을 통해 마련해둔 숙소로 가보시라고 답했다. 이에 프리츠는 약간 아쉬움을 느꼈다. 그는 정말로 월폴을 좋게 평가하고 있었다. 전형적인 암투를 벌이는 정치인이긴 했으나 능력과 비전이 있었다. 그 대표적인 사건이 바로 월폴이 집권하게 된 남해포말사건South Sea Bubble. 때를 거슬러 올라가자면 스페인 왕위계승전쟁War of the Spanish Succession—앤 여왕의 전쟁Queen Anne's War 직후로 가게 된다. 말버러 공작과 사보이공 외젠의 블렌하임 전투Zweite Schlacht bei Höchstädt와 같은 여러 승전으로 인해 브리튼은 승리의 참맛을 느끼게 되었다. 그러나 항상 그렇듯 전쟁은 엄청난 금전을 소모하게 만든다. 그래서 당시 월폴의 전임인 옥스퍼드 백작 스태너프의 토리당은 한 가지 특단의 조치를 시행한다. 남아메리카의 에스파냐령 식민지와 태평양 제도와의 노예 무역권을 독점할 수 있는 무역 회사를 하나 만든 뒤, 그 회사를 통해 국가 부채를 탕감한다는 것이었다. 그렇게 생겨난 남해 회사는 여러 무역권을 독점하고 대신 국가의 부채를 인수했다. 그리고 회사는 국채 소유자로부터 국채 증서를 거두어들이면서 그에 상응하는 회사 주식을 주었다. 그러나 남해 회사의 사업 계획은 대부분 터무니없었다. 바닷물을 담수로 바꾼다든지 무한 동력의 차륜을 만든다며 사업 투자자를 끌어다 모았고 수많은 투자는 거품을 쌓아갔다. 얼마 안 가 이 거품은 터졌으며 수많은 사람들은 이 회사 탓에 큰 피해를 보았다. 대표적으로 아이작 뉴턴도 그러했는데 그는 폭락 전에는 7천 파운드를 벌었지만 폭락 탓에 2만 파운드를 잃고 말았다.

이때 재정 전문가인 월폴이 등장했다. 그는 남해 회사에 대한 처리 방침을 확고히 했으며 이 사건을 통해 회계 감사 제도를 신설해 사태를 원만히 수습했다. 일이 이리 되자 토리당은 급속히 무너졌고 월폴의 휘그당이 장기 집권하게 되는 계기가 되었다.

그렇게 집권한 월폴의 정권은 기존의 강경한 정책을 뒤엎고 외교 노선을 타게 되었다. 그러면서 여러 경제 정책으로 국가의 부흥을 노렸는데, 이는 프리츠가 보기에 본받을 만했다. 대표적으로 6년 전에 신설한 보세창고 제도가 그러했는데 차, 커피, 초콜릿과 같은 수입 상품을 보세 창고에 보관케 한 뒤 이를 재수출할 경우에만 관세를 면제해주고 국내에 팔 때는 물품세를 부과하게 하는 제도였다. 이 덕에 상품에 대한 물품세는 줄고 국가의 조세와 대외무역이 늘어나는 큰 효과를 보았다. 또한 토지세율을 낮추어 의회가 지주들과 귀족들의 지지를 받도록 했으며 여러 공산품과 농산품을 통제하고 수출세를 완화해 수출을 장려했다. 이러한 정책의 일환들은 확실히 꽃을 피우고 있었다.

'대단하네. 사람들은 그저 싸움만이 능사라고 여기는데……. 배울 만한 점이야.'

하지만 프리츠가 생각하기엔 브리튼과 달리 브란덴부르크-프로이센은 상품을 팔 식민지가 존재하지 않았다. 그래서 현재의 관방학을 이용해 좀 더 방어적이고 국내산업을 진흥하며 지켜주는 중상주의 정책이 더 효과적일 것이라고 보았다. 그리고 그 중심축이 될 국가 은행과 무역 기구를 설치하고 무역을 관리 및 통제해야 직물, 공업, 철강, 군수 산업 등 자국의 산업을 보호하며 자라나게 할 수 있다고 그는 생각했다. 즉 식민지를 통한 수출을 중요시하는 브리튼과 달리 보호적인 국영 산업인 매뉴팩처manufacture의 육성이 자국에 효과적일 것이라고 판단했다.

그는 이 나라에서 보고 배울 가치가 있으리라 여겼고 가능하면 그들의 사상도 배우고 싶었다. 이미 죽었지만 존 로크의 사상은 프리츠에게 흥미를 불러일으키기엔 충분했다. 브리튼 계몽사상의 아버지라 할 수 있는 그는 많은 것을 남겼다. 특히나 그의 교육 사상이 그를 감동시켰다. 기존의 주입과 암기,

강요에서 벗어난 사람의 본성에 따른 가르침은 프리츠의 동감을 얻기에 충분했다. 지덕체를 중시해 각자의 소질에 맞게 그대로 키워주는 사상은 자신도 배워야 할 점이라고 생각했다.

하지만 그렇다고 해도 모든 것에 동의하지는 않았다. 월폴의 의원내각제라는 목표는 그에게 있어서는 의아한 것이었다. 하지만 프리츠는 존 로크가 말한 스스로를 위해 저항할 권리와 같이 자신의 희망을 품은 모든 것에 감화되었다.

어딜 가든 사람들은 자신이 추구하는 삶을 살고자 노력한다. 빛을 따라가려 노력하고 있었다. 그러니 분명 그는 이곳에서 많은 것을 느끼고 배울 수 있으리라고 생각했다.

누이를 위해서라도 후회하지 않을 시간을 보내겠다고 다짐하며 그는 발을 내딛었다.

3일 뒤, 셋은 지정된 장소로 향했다. 오늘이 브리튼에 있어서 첫 교육의 날이었으며, 프리츠는 군사훈련을 받을 예정이었다. 해당 장소는 런던 바깥에 있는 연병장으로 오늘의 훈련은 기병대를 이끄는 방식에 대한 내용이었다.

"안녕하십니까. 브란덴부르크-프로이센의 왕자님. 오늘의 교육을 맡게 된 콘월 제2 흉갑기병Kürassier 연대장 에릭 월리

엄스입니다."

"저야말로 잘 부탁드립니다."

연병장에 도착하자 여러 기병대원들이 눈에 보였다. 다들 힘차게 대지를 뛰어다니고 있었으며 그 한가운데 붉은 코트를 입고 있는 대장이 앞으로 나와 왕자에게 인사했다. 대강 이야기를 들으니 오늘 수업 내용은 충격력으로 적의 진형을 파괴하는 역할을 하는 흉갑기병들을 지휘하는 일이었다. 연병장을 바라보자 가벼운 판금 갑옷을 입은 기병들이 왕자 앞에 서 있었다. 스페인 왕위계승전쟁의 영향으로 브리튼의 기병들은 프랑스의 흉갑기병들에 비해 상대적으로 가벼운 차림을 하고 있었다. 그리고 이내 지휘관의 나팔소리가 들리자 일사분란하게 움직이기 시작했다. 적의 측면을 노리는 훈련의 결과와 앞으로 돌격하는 움직임이 왕자의 앞에 펼쳐졌다. 그들은 설정된 타깃들을 향해 힘차게 달리면서 머스킷을 발포하고 가까워지면 칼을 뽑아 베는 행동을 아주 예리하게 보여주었다.

이러한 힘차고 강한 움직임에 왕자는 감탄의 박수를 보냈다. 브리튼의 지휘관과 기병대원들은 자부심에 힘껏 웃었다. 브리튼의 지휘관은 한번 자신이 보였던 움직임을 직접 지휘해보라고 말했다. 이에 프리츠는 앞으로 나가 진형을 갖추라고 명했다. 잘 훈련된 기병들은 이내 왕자가 지시한 방추형 진형을 갖추고 타깃을 향해 달려갔다. 그리고 순식간에 지시한 대로 강렬히 측면을 강타하고 타깃의 진형을 붕괴시키고 본진으로 복귀했다. 가히 흉갑기병의 존재 이유 그 자체, 귀감이라 할 정도였다.

"잘하셨습니다. 그럼 지휘법은 대강 보셨으니 다음 훈련 전까지는 기병 전술에 관해 배우는 시간을 가지도록 하겠습니다. 우선 왕자님도 아시겠지만 전열보병의 시대가 오면서 우리 기병들은 파괴력과 기동력을 우선시하는 방법을 택하기 시작했습니다. 기회를 보아 측면을 공격해 방진을 깨트리고 적을 격퇴하는 방식으로 말이죠. 흉갑기병대원들은 그 충격력을 더하기 위해 다른 기병들과 달리 큰 충격을 줄 수 있는 직선형의 기병도를 장착했습니다. 이러한 발전에 따라 우리 브리튼은 어떻게 적시에 적을 공격할지를 연구했지요."

브리튼의 기병지휘관은 타국의 왕자에게 당당히 말하며 설명을 이어갔다. 어떻게 기병을 배치할지와 언제 타격할지를 매뉴얼대로 말해주었다. 그리고 그 전술의 근간은 기병 돌진력을 기반으로 한 측면 공격, 진형 파괴였다.

프리츠는 이러한 설명에 조금 실망했다. 물론 오늘이 첫 수업이라서 그런 것이겠지만 근본에만 집중하는 듯했다. 그런 건 자국에서도 배울 수 있는 수준이었다. 다만 좀 더 가벼운 브리튼의 특징이 왕자를 즐겁게 해주었지만 한계가 있었다. 첫 수업에 너무 많은 것을 바랐을까? 프리츠는 조금 더 다른 것을 원했다.

프리츠가 생각하기에는 이제 기병의 근본은 파괴력보다는 기동력이었다. 브리튼의 기병지휘관은 이 둘을 균형 있게 중요시했으나 왕자의 생각은 약간 달랐다. 물론 브리튼 지휘관은 기병 전술에 있어 파괴력과 기동력을 함께 추구하게 된 이유를 잘 알고 있었고, 너무나 당연하게 보이지만 효과적인 전술임이 검증되었기에 설명하는 것이었지만, 왕자는 좀 더 다른 것을 원했다.

“좋은 설명이었습니다. 브리튼의 붉은 연대는 가히 최강이군요.”

“하하. 과찬입니다.”

“제게 약간 아이디어가 있는데…… 한번 시도해도 될는지?”

“아, 그렇습니까. 그러면 마음대로 하십시오. 그런 창의성이 우릴 발전시키니까요.”

브리튼의 기병지휘관은 왕자를 바라보고 웃으며 말했다. 타국 사람이지만 사람은 언제나 타인의 재능에 감화되는 법이었다. 총명하다고 들은 타국 왕자의 말에 브리튼 기병지휘관은 기대하며 그의 행동을 기다렸다.

그런데 프리츠는 모두의 예상을 깨고 돌발행동을 했다. 모든 흉갑기병의 판금 옷을 벗어 던지라고 한 것이었다. 방호력을 없애는 지시에 기병지휘관들은 놀랐지만 프리츠가 보기에는 당연한 선택이었다. 이제 시대는 변했다. 기병대가 단독으로 잘 정렬된 보병대로 뛰어드는 것은 자살행위가 된 시대였다. 게다가 포병의 발전으로 굳이 기병이 선제타격 할 필요가 없어졌으며 그에 따라 기병의 주된 역할은 고대처럼 보병이 못하는 일을 해주는 것으로 변화해갔다. 프리츠는 그 역할을 더욱 부각시키는 방향으로 기병을 바꾸고자 했다. 이제 기병이 할 일은 무엇인가? 빨리빨리 움직이지 못하는 육중한 보병대를 전술적 기회를 통해 후려치는 것이었다. 그렇다면 기동성을 이용한 적 종심 돌파력을 키우기 위해 기병들은 더 빨리 움직일 필요가 있었다. 보병의 측면이나 후방에 있다가 적의 틈이 보이면 집단 돌격을 감행해 적의 취약 부위를 파고드는 행동, 그 돌격의 화력에 집중하기로 선택한 프리츠는 그를 위해 더 가벼운 차림을 해야 한다고 판단했다. 그러한 일환으로 기병들에게 무장을 제외하고는 죄다 벗어 던지라고 한 것이었다.

그러자 다시 시작한 지휘에서 기병들은 더욱 빠르고 강렬하게 목적을 달성했다. 드높아진 속력은 더욱 강력한 돌파력을 가지게 해주었으며 빠른 기동력은 전술적 판단의 폭을 넓혀주었다.

"역시……. 대단하시군요. 과연 소문답습니다."

"그야말로 과찬이십니다."

브리튼 기병지휘관의 말에 프리츠는 웃으며 답했다. 이제 전장에는 기동성의 시대가 올 것이다. 그러니 그 기동성을 응용해서 전술을 발전시켜야 한다고 왕자는 느꼈다. 기동 전술을 고민하던 프리츠는 전부터 생각해온 사행 전술을 떠올렸다. 한쪽은 적의 이목을 집중시키고 별동대가 적의 취약점을 재빠르게 공략하는 자신만의 전술. 아직은 완벽히 정립하진 않았지만 분명히 쓸모가 있으리라고 왕자는 생각했다.

"다만 이러면 방호력이 걱정됩니다. 왕자님은 그 구멍을 그저 기동력으로 생긴 힘만으로 메울 수 있다고 생각하시는지요?"

브리튼의 기병지휘관은 새로운 전술에 약간 부담을 느끼며 말했다. 변화는 언제나 모두에게 힘을 주나 또한 경계의 대상이 되었다. 이에 프리츠는 웃으며 말했다.

"아무리 무겁고 단단해도 결국엔 전략의 판단이 모든 것을 가립니다. 방호력이 좋든 나쁘든 지휘가 나쁘면 패배, 지휘가 뛰어나면 승리입니다. 고로 그 승리에 더 다가가기 위해서는 좀 더 빨리 움직이는 재치가 필요하겠지요."

프리츠의 말에 브리튼의 군인들은 놀랍다는 표정을 지으며 박수갈채를 보냈다. 과거라면 이러한 사람들의 반응에 분명 기분이 좋지 않았을 것이었다. 자신의 재능이 부왕의 말대로 음악이 아닌 군에 있다니, 평소처럼 기분이 나빠야 정상이었다. 하지만 오늘따라 다른 기분이 들었다. 이러한 재능이 지켜야 할 것을 지킬 기반이 된다면 좋겠다는 생각도 든 것이었다. 이 묘한 기분에 프리츠는 싱긋 웃으며 모두에게 화답했다.

"정말 안 갈 거야?"

"그런 파티에는 흥미 없어."

"하지만 네가 원래 만나기로 했던 사상가들이 바쁘다고 다음에 보자고 했다며? 그럼 할 것도 없으니 가자~ 이왕 초대도 받았잖아?"

브리튼에 온 지도 이제 한 달이 넘었다. 그날도 여느 날과 같이 프리츠는 훈련과 행정 교육을 받고 숙소로 돌아왔지만, 한편으로 오늘은 프리츠가 기대한 날이기도 했다. 예정대로라면 여러 사상가들을 만나기로 한 날이었으니까. 브리튼에는 프랑스에서 망명해 온 사람들이 상당히 많았다. 학술의 나라인 프랑스에 절대주의 왕정이라니, 아이러니하긴 하지만 여하튼 절대주의의 프랑스에서는 여러 사상가들이 탄압을 많이 받았다. 그리고 그 사상가들이 주로 선택하는 망명지는 보통 브리튼이었다. 하지만 그들과의 만남이 성사되지 않자 프리츠는 언짢았고, 오늘은 그냥 숙소에서 쉬고자 마음먹었다.

그러나 때마침 브리튼의 상류사회로부터 초대장이 왔다. 그들은 타국의 왕자가 낀다면 파티의 품격이 더 높아지리라고 생각한 듯했다. 그러나 타국의 왕자는 그런 놀이에 흥미를 전혀 못 느끼는 사람이었다. 구석에서 서책이나 읽을 사람이었지 사람과 살을 비빌 만한 위인은 아니었다. 가고 싶은 카이트가 졸라대긴 했지만 프리츠는 신분의 차이를 이용하며 한사코 거절하였다. 미안하긴 했지만 너무 자신과 어울리지 않다는 생각에서 말이다. 이를 보던 카테가 웃으면서 프리츠에게 말했다.

"이야…… 역시 핏줄은 못 속여……."

"뭐……?"

부왕과 자신이 같다는 뉘앙스의 카테의 말에 프리츠는 놀라 동공이 커다래지며 답했다. 자신이 가장 부정하는 말을, 듣기 싫은 말을 듣자 프리츠는 약간 손이 떨리는 것 같았다. 그러자 카테는 프리츠의 손을 잡으며 말했다.

"말해봐. 넌 자유로움을 좋아하지? 억압받는 삶을 당해봤으니까. 그러니까 서책을 읽고 계몽 사상가들을 좋아하게 된 거야. 그렇지?"

"그…… 그렇지……."

그랬다. 부왕의 행동에 질려서 지금의 자신을 만든 자유로운 사상에 빠져들었다. 관용을 베풀고자 하는 마음. 자유와 정의가 있는 그런 세상. 카테는 이러한 점을 꼬집으며 말을 이어갔다.

"그런데 카이트가 하고 싶은 걸 그냥 네가 싫다고 거부해?"

"다, 달라……. 난 그런 쪽하고 너무 안 어울리니 그냥 숙소에 있는 게 편해서……."

"호오……. 하지만 결국 타인의 의사를 압박하는 것은 부왕과 같잖아? 남이 원하는 바를 자기가 싫다고 꺾다니……."

카테는 조금 실실 웃으며 말했다. 사실 부왕과 프리츠가 같을 리가 없다. 당연히 교묘하게 말한 것에 불과했다. 거절의 이유는 단순히 파티에 대한 부담감이었고, 정말 프리츠가 부왕과 같은 인물이었으면 카이트와 친구가 될 리가 없었다. 카이트는 다른 왕족의 하인들보다 상당히 자유로운 편이었다. 배우고 싶은 것이 있으면 항상 허락될 정도였다. 주인이 주인이니 말이다. 그 덕에 카이트는 정식 교육을 받지 않았지만 상당히 지적이었다.

사실 카테가 이렇게 말한 것은 빌헬미나의 부탁 때문이었다. 카테가 그간 지켜보기에 프리츠는 여성에 대해 전혀 관심이 없었다. 파티에 끌고 가 교류의 물꼬를 터주고 싶은 것이 신하이기 전에 형으로서의 마음이었다.

"뭐…… 그럼 가지 뭐……. 한 번쯤은 괜찮으니까."

"이야! 고마워 왕자님! 카테 형도!"

프리츠의 더듬거리는 대답에 카이트는 왕자를 꼭 껴안으며 외쳤다. 평범한 집안의 자제로 태어난 그에게는 상류사회의 파티에 가보는 것은 말 그대로 다른 세상에 가는 경험이니 말이다. 이를 보고 카테는 흐뭇하게 웃었다. 그가 보기에는 프리츠는 너무 머리에만 의존하는 사람 같았다. 카이트의 말을 들으면 과거에는 음악과 플루트 연주를 좋아하는 앳된 소년이었다지만 자신이 본 근래의 모습은 서서히 감정이 빠져나가는 소년이었다. 좋아하는 것이 있지만 현실에 질려서 감정을 삭이다 못해 지워가는 소년을 보며 그는 왕자의 누이가 부탁한 것처럼 밝은 색을 찾아가길 원했다. 즉 카테의 생각엔 지금 시기가 왕자의 전환점이었다. 프리츠는 부왕의 행동 탓에 힘들어하며 감정을 죽여갔지만 아직 완전히 버린 상태는 아니었다. 여전히 그는 착한 소년이었다. 비록 이젠 가면을 쓰기를 주저하지 않지만 그래도 여전히 플루트를 손에서 놓지 않았다. 서서히 세상의 색에 물들어 가는 이때 인생의 참맛을 느끼게 해준다면 분명 빌헬미나의 기대처럼 상냥한 사람이 될 것이라고 카테는 믿었다.

"자, 그럼 갑시다!"

"좋아, 좋아!"

카테와 카이트는 싱긋 웃으며 밖으로 나갔다. 프리츠는 조금은 주저했지만 이내 둘을 따라 밖으로 나갔다. 이 둘과 함께라면 뭐든지 할 수 있을 것 같다는 생각과 함께.

셋은 출발한 지 얼마 지나지 않아 목적지인 클럽에 도착했다. 여러 브리튼의 사교 파티 중에 왕자 일행을 부른 곳은 커피하우스나 클럽에 주로 모이는 정계 파티였다. 이들은 주로 뉴스를 퍼트리며 각종 유행을 떠들어대고 시국을 논하길 좋아했다. 이 클럽은 정치가뿐만 아니라 화가, 음악가, 작가와 같은 문화계 인사들도 많이 모였다. 여기에 타국의 왕자도 추가된 것이었다.

"오! 어서 오십시오~ 브란덴부르크 공의 아드님이시여!"

"어이, 그러면 안 되지. 자, 자. 어서 오십시오, 프로이센의 왕자님!"

문을 열고 들어가자 파티에 참석하고 있던 브리튼의 귀족들이 다가와 인사했다. 브란덴부르크-프로이센이 제국 내부의 문제상 내왕외공을 택하고 있는 것은 이젠 다들 아는 사실이었다. 귀족들은 이런 사정을 알고 있음을 내비치며 웃음으로 왕자 일행을 반겼다. 들어가자 온갖 산해진미가 셋을 반기고 있었다. 각종 열대과일과 초콜릿, 설탕, 차 등 맛있는 음식과 각종 술들이 진열되어있었다. 초대한 귀족들은 마음껏 먹으라며 셋에게 다가왔다. 그들의 입장에서 제국 북부 강국의 차기 지배자와 친하게 지내는 것은 나쁘지 않은 선택이었다.

하지만 타국의 왕자는 그러한 노력에 협조적이지 않았다. 온갖 사교적 대화에 퉁명스럽게 답할 뿐이었다. 사실 이런 쪽으론 아는 바가 적으니 솔직하게 답하는 것뿐이었으나 귀족들의 기대처럼 경제적, 물리적 이득을 낳을 정도는 아니었다. 이내 사람들은 왕자가 자기들이 바라던 유형의 인물이 아니라고 판단하고 그저 예의를 다하며 파티를 즐기라고 말한 뒤 서서히 떨어져 나갔다. 오히려 말을 조리 있고 재치 있게 하는 카이트에게 여성들이 다가갈 정도였다. 프리츠는 자연스럽게 무리를 이탈하고 구석에 박혀 가져온 소책자나 읽을 뿐이었다.

'이런…… 저러면 안 되는데…….'

카테는 그런 프리츠를 바라보며 안타까워했다. 하지만 직접 개입할 수는 없었다. 이런 건 스스로 헤쳐나가야 하는 일이라고 그는 생각했다. 카테는 프리츠에게 행운이 있길 빌면서 자신도 파티에 섞여 들어갔다.

그렇게 시간은 흘러갔으며 파티의 분위기는 고조되었다. 하지만 프리츠는 겉돌고 겉돌고 또 겉돌았다. 모두와 어울리지 않았다. 못 했다기보다는 안 한 것에 아주 가까웠다. 프리츠의 눈에는 그들은 하나같이 가면을 쓴 것으로 보였기 때문이었다. 진실을 숨기며 거짓을 즐기는 사람들, 그를 통해 이득을 얻고자 하는 무리에 프리츠는 진절머리가 났다. 그런 잘못된 과정의 결과는 좋은 것이 아니라고 생각했으니 말이다.

'저런 선하지 못한 인간들이 오히려 당당하고 속임수를 즐겨 하려는 세상이라니…….'

아직은 어린 소년이라 그런지 가슴 안에 있는 뜨거움 때문에 그는 어른들의 광경이 그다지 마음에 들지 않았다. 하지만 어른들의 비정함에 그도 이미 물들어 가고 있었다. 세상의 색이 밝지 않은 것은 안타까운 사실이지만 현실인 이상 그도 어른의 색에 물들어 갈 수밖에 없었다. 이미 그러고 있는 자신의 현실에 프리츠는 실소했다.

'누가 누굴……. 제 앞길도 선택 못 하는 것이…….'

항상 계몽사상에 가까워지길 바라나 그러지 못하고 결국 원하는 문학가, 음악가의 꿈을 이루지 못하는 자신의 괴리감에 그는 두 주먹을 불끈 쥐며 입술을 깨물었다. 어쩌면 자신과 저들이 다르지 않다는 생각에 프리츠는 연이어 실소를 하며 오른손을 턱에 괴면서 파티의 광경을 쳐다보았다. 그리고 그들의 거짓된 표정을 바라보며 자신과 비교해보았다. 한숨이 나왔지만 어느 정도 닮아있었다. 자신도 현실을 닮아가고 있었으니까, 현실에 맞춰가며 지내고 있었으니까…….

프리츠는 그런 생각에 기가 죽었는지 한숨을 푹 쉬었다. 그러곤 주저앉아 다리를 몸에 갖다 대고 양팔로 자신의 온몸을 감싸 안은 채 고개를 바닥으로 떨어트려버렸다. 주변에는 웃음이 울려 퍼지고 있는데 오직 그만 구석에 웅크려버린 것이었다.

"저기요, 여기서 뭐해요?"

그렇게 한참을 구석에 박혀있을 때 누군가가 그의 등을 두드렸다. 프리츠는 다 죽어가는 강아지 같은 표정을 지으며 자신을 건드린 대상을 올려다보았다. 자신의 위에는 뚜렷한 이목구비와 새하얀 피부를 가진 여성이 자신을 쳐다보고 있었다. 그녀는 따뜻한 아름다움을 내리쬐는 것 같은 미소와 태도로 프리츠를 대해주었다. 혼자 안쓰럽게 구석에 있는 프리츠를 안타깝게 여긴 것이었다. 그녀는 파티의 공간에서 혼자 침울하게 그러지 말고 같이 놀자고 말했다. 그러나 프리츠의 생각은 달랐다. 포근한 미소의 그녀도 다른 이와 다를 바 없다고 생각했기 때문이었다. 분명히 가면을 쓰며 이 상류 사회에서 살아남기만을 바라는 자 중 한 명이라고 프리츠는 생각했다.

그래서 거절했다. 하지만 곧 실소가 나왔다. 자신이라고 뭐가 달랐던가? 결국 살기 위해 눈치 보는 삶은 같았다. 내일의 빛은 멀어지며 그저 어둠 속에 살아가기만 하는 존재로 변하고 있었다.

"이 세상과 나에게 이제 밝은 면 따위가 있을 리가……."

프리츠는 중얼거렸다. 어릴 적 희망이자 꿈이었던 음악과 흥미를 돋우는 열정이었던 자유로운 사상도 이제 그를 돕지 못할 지경이었다. 우울한 기분에 그의 안에서 빛은 사그라지고 어둠만이 커져갔다.

"무슨 그런 소리를 하고 그래요? 한심하게!"

"뭐, 뭐라고? 네까짓 게 뭘 안다고……!"

상대방 여성은 그런 프리츠의 말을 듣곤 호통을 쳤다. 어떤 연유에서 그런 말을 했는지는 프리츠는 이해하지 못했다. 그녀가 보기에 자신이 한심해 보였나 보다. 하지만 그 말에 프리츠는 본능에서 우러러 나오는 적개심을 드러내버렸다. 부들거리는 입술과 표정이 그녀와는 상당히 대조적이었다. 남들이 지나가다 둘의 모습을 본다면 공존할 수 없는 물과 불처럼 느낄 것이었다.

하지만 모두를 받아들일 넓은 배포와 아량이 있는 물은 뜨거운 불에게 손을 건넸다. 브란덴부르크-프로이센의 왕자는 어안이 벙벙했다. 그렇게 상황을 채 받아들이기도 전에 그는 따뜻한 손에 붙잡혀 파티장 밖으로 빠져나가게 되었다. 그는 그녀의 손에 이끌려 여러 곳을 둘러보기 시작했다. 그녀가 데려간 곳은 주로 사람이 사람을 만나 관계를 맺는 현장이었다. 그녀는 런던 시내를 이리저리 돌면서 우울해하는 낯선 이에게 사람들이 사는 공간을 보여주었다.

열심히 일하고 돌아온 가장을 반갑게 맞이하는 화목한 가정을, 친구의 고민에 따뜻한 말을 해주는 상냥한 사람들이 은근히 넘치는 주점을, 지인들끼리 웃으면서 노는 밝은 소리가 넘쳐나는 공터를, 그리고 연인들의 미소가 넘치는 번화가를 그녀는 보여주었다.

그녀는 그에게 일상을 보여준 것이다. 물론 모든 곳이 다 행복이 넘치는 것은 아니었다. 잡음도 있었고 어찌 보면 현실에 순응하며 오늘과 같은 내일만을 바라는 사람들이 즐비한 곳이기도 했다. 하지만 사람들은 각자의 행복을 가지고 오늘도 희망과 함께 살아가고 있었다.

"당신이 어떻게 산 사람인지는 전 잘 몰라요. 그러니 세상이 아름답다고는 하지 않을게요. 저도 항상 만족하는 것은 아니니까. 하지만 세상에는 즐길 만한 것이 잔뜩 있어요. 맛있는 음식도, 재밌는 놀이도, 그리고…… 좋아하는 사람의 상냥한 웃음도 잔뜩. 그러니 너무 힘든 생각만 하지 말고 아름다운 것에 시선을 돌리시는 게 어떤가요? 밝게 가꾸어나가면 나름 재밌을 텐데. 어차피 한 번인 인생, 웃으면서 살아야죠."

이 오지랖 넓은 아가씨는 처음 보는 사람을 향해 그리 말하곤 때마침 터지는 도시의 축포에 예쁘다며 웃었다. 프리츠는 그렇게 말하는 아가씨의 얼굴을 살며시 쳐다보았다. 그 얼굴은 완전히 깨끗이 풀어져있었다. 헤프다는 것이 아니라 가면을 쓰거나 연기를 하기 위해 표정에 힘을 준 상태가 아닌, 깨끗한 하얀 면의 표정이 그려져 있었다. 이 여자는 누군지는 몰라도 상류층의 여성임이 분명했다. 태어날 때부터 정략결혼을 위해 태어나 교육도 수도원이 고작인 여성일 것이었다. 당대 상류사회 여성의 의미는 그랬으니까. 그러나 자신과 같이 속박에 억눌려있을 텐데도 밝은 표정인 그녀에게 그는 감탄했다. 제대로 교육받고 있는 자신과 달리 본능에 따라 웃으려는 그녀를 보고 프리츠는 밝은 느낌을 받았다. 순백의 밝음 그 자체에 감화되기 시작했다. 언제나 웃음은 기분을 좋게 만드는 법이었다. 좋은 마음가짐은 그에게도 따뜻함을 불러일으켰다. 그녀의 선에 대한 본능이 과거 자신이 좋아했던 것에 대한 본능을 일깨워준 것이었다.

프리츠는 오랜만에 예전 생각들을 떠올렸다. 빛을 지니고 있기만 해도 기뻤던 이유를. 자신이 빛을 좇았던 이유를. 플루트를 듣기만 해도 즐거웠던 이유를 떠올렸다. 자신이 추구했던 밝음이, 그 일상 자체가 자신을 따뜻하게 해주곤 했다. 밝음이 주는 행복을 그녀가 다시 떠올리게 한 것이었다. 플루트 연주를 가족들이 보는 것 자체만으로도 기뻤으니까.

'그래, 우울해하는 것보다는 이게 더 이득이지. 언제나 도덕, 정의가 더 좋은 법이야. 나에게도, 모두에게도.'

프리츠는 그렇게 생각하며 처음 보는 여성에게 감사를 표했다.

“당신 덕에 기분이 좋아졌어요. 고마워요.”

“아녜요. 사방이 밝은데 왠지 혼자 어두우셔서……. 눈에 띄어서 그만…… 헤헷.”

‘아, 그런 사람이었구나……. 좋은 느낌이야…….’

그녀의 앳되고 서툰 표정에 프리츠는 순간 누군가를 떠올렸다. 부왕의 앞에서도 자신을 지켜주려던 누이 빌헬미나를. 누이가 가슴에서 우러나오는 본능을 숨길 수 없었던 것처럼 아마 그녀도 마음이 이끄는 대로 움직이며 만족하는 사람일 것이다. 정말 새하얀 눈처럼 순수한 사람, 세상이 정상이라면 반드시 복을 받아야 할 사람이었다. 그렇기에 자신에게 말을 걸었던 것이다. 아무런 이익도 없는데도. 아니, 어쩌면 그녀 자신에게 말을 거는 것이 이득이었을 것이다. 그게 그녀의 일상에서 나오는 행복이었으니까. 남이 웃는 것을 좋아하는 사람이었으니까. 그러니 분명 이것은 이득이 있는 일이었다. 남이 누군가를 행복하게 해주는 것은 불필요한 일이 아니라 이득 그 자체였다. 그리돼야만 했다. 이렇게 마음이 이끄는 대로 남을 도와주는 바보가 이득을 봐야 세상이 살 만한 법이니 이런 마음이 장기적 이익이 돼야만 했다. 아니, 이 자체만으로도 이득이었다. 행복이 행복을, 좋은 결과물들을 낳으니까.

꼭 그렇게 만들 것이다. 바보들을 위해서라도.

그래서 프리츠는 자신과 조금은 다른 유형의 사람이지만 결국은 같은 빛을 향한 길을 걷고 있는 그녀에 감화되었다. 자신의 사상이나 그녀의 본능이나 결국 좋은 세상을 바라는 것이니까. 그렇게 생각하며 그는 웃곤 그녀에게 말했다.

"오늘은 왠지, 예전에 숨겨두었던 상자를 찾아 꺼내는 느낌이에요. 아까도 말했지만 고마워요, 정말로……. 제 이름은 프리드리히 폰 호엔촐레른입니다. 당신은?"

"소피아 아멜리아 엘리너Amelia Sophia Eleanor예요."

둘은 그렇게 신분을 밝혔다. 아멜리아는 어머니에게 들은 바가 있었기에, 명석한 프리츠는 주요 인물에 대한 정보를 기본적으로 이미 알고 있었기에 서로가 공주와 왕자라는 사실을 알고 놀랐다. 둘은 서로를 그저 귀족이나 부르주아지 정도로만 생각했기 때문이었다. 하지만 신분이 어찌 되었든 둘은 따뜻한 감정을 받았다. 그래서 둘은 서로를 바라보며 오늘의 해프닝에 대해 웃었다. 그러곤 서로에게 악수를 건네며 말했다.

"앞으로 잘 부탁해요."

"저야말로."

그렇게 두 남녀는 웃으며 파티장으로 돌아갔다.

"오늘도 끝났네."

"하루 종일 밭에서 있었더니 더러워졌네. 어서 다들 씻자!"

며칠 뒤, 그날도 수업이 진행되었으며 날이 저물어 갈 즈음에야 일과가 종료되었다. 그날은 브리튼의 농경 기술에 대해 배운 날이었다. 카테와 카이트는 왕자가 이런 시시콜콜한 것까지 배울 이유가 있는지 의문스러웠지만 당사자의 생각은 달랐다. 프리츠는 오늘의 배움이 유용하다고 생각했다. 국가란 모름지기 체제도, 영토도 아닌 사람이 우선이었고, 사람의 삶은 먹는 데서 비롯했다. 사람들을 어떻게 잘 먹여 살릴지도 행복과 직결된 중요한 문제였다. 그래서 프리츠는 그날 배운 곡초교대농법convertible husbandry의 내용에 유념했다. 과거의 삼포제 방식이 아닌 곡물 경작과 목축을 번갈아 하는 브리튼의 방식을 언젠간 좋게 써먹을 수 있으리라고 프리츠는 생각했다. 또한 근래에 생긴 사료작물인 순무와 클로버를 통해 겨울에도 가축을 기르고 거름을 생산해 토지를 비옥하게 만드는 것도 좋아 보였다. 이회토Mar, 석회, 분뇨 등의 비료 도입 등 브리튼은 행정뿐만 아니라 삶의 유지에 관한 여러 체제들도 발전되어 있었다. 다만 농업의 근간은 물을 다루는 것이니 토지의 물을 넣고 빼며 조절할 무언가가 있으면 좋겠다고 프리츠는 생각했다. 하지만 아직 그런 기술은 충분히 발전하지 않아서 그는 아쉬움을 느꼈다.

여하튼 다른 수업이라면 그다지 흥미가 없었겠지만 프리츠는 사람의 근간에 대해서 배운 하루라 뜻깊었다고 생각했다. 하지만 단순히 내용의 충실함 때문에 좋다고 느낀 것은 아니었다. 누군가의 추천으로 고른 수업이었고 그래서 더 좋다고 느낀 것이었다.

"어땠어요, 사람들과 함께 부딪치며 한 일은? 이왕이면 의미도 있고 재밌는 일을 추천해드리고 싶었는데 즐거우셨나요?"

바로 아멜리아의 추천이었다. 그녀는 왕족이라면 마땅히 가져야 할 덕목인 농사에 대한 감사와 일반 백성들의 일상, 그리고 그 속에서 나오는 노동의 참맛과 웃음을 프리츠가 알았으면 좋겠다고 생각했다. 아멜리아가 생각하기엔 가장 고귀한 웃음은 농민들의 웃음이었다. 부르주아지의 돈 계산이 아닌 1차 생산자의 수확을 통한 본연의 미소를 프리츠가 보기를 바랐다. 계산 없는 순진무구한 미소를, 그 기쁨을. 그래서 공부하러 온 타국의 왕자에게 농사법을 추천해주었던 것이었다.

"아, 의외로 즐거웠어요. 그럼 오늘은 어디를 가볼까요?"

"근처에 프랑스인 요리사가 새로 음식점 개업했다는데 거기 가요! 우리나라 음식보단 맛있을 거니까. 요리~ 요리~ 맛난 요리~."

프리츠는 아멜리아의 대답에 싱긋 웃으며 답했고, 아멜리아도 그 말에 같이 웃어주며 오늘도 다른 곳으로 타국의 왕자를 끌고 가기 시작했다. 첫 만남 이후 그녀는 타인을 통해 그간의 프리츠 삶을 대강 들었다. 그러자 그녀는 프리츠의 이야기에 안타까운 감정이 들었다. 그래서 그녀는 프리츠를 찾아가 런던에 있는 동안에는 쉴 때마다 자주 보자고 했다. 이유는 모르겠으나 그녀는 그저 프리츠가 웃는 모습을 보고 싶었다. 지적인 추구에서 나온 것이 아니라 본연의 흥미로 그녀는 그에게 다가갔으며 오늘도 함께 재밌게 놀기 위해 움직였다. 프리츠는 그녀의 배려에 고마움을 느꼈다. 그렇게 오래 안 사이도 아닌데 자신을 아껴주려는 마음에 따뜻함을 느꼈다.

처음엔 프리츠는 그녀를 약간 의심했다. 그녀도 다른 이와 크게 다르지 않을지도 모른다고. 하지만 그녀는 모두에게 공평했다. 바보처럼 똑같이 웃어주었고 지나가는 사람을 돕는 걸 좋아했다. 남들처럼 행동에 이유를 두고 이득을 따지는 것이 아니라 본연의 모습을 그대로 유지했다. 본연의 선한 마음, 그것이 그녀에게 있었다.

허나 웃으며 걸어나가는 것은 좋으나 과연 그것이 정답인지 프리츠는 잘 몰랐다. 누구나 이상적인 세상을 바라지만 현실은 여러 제약에 묶여있었다. 그렇기 때문에 자신의 길을 걸으려고 해도 다들 자빠지거나 다른 길로 갈 수밖에 없었다. 자신이 어릴 적부터 보아온 도덕책들은 이젠 정말 쓸모없어 보일 정도였다. 그녀의 따뜻함에 조금씩 생각이 달라지고 있긴 하지만 플루트를 만지지도 못하게 한 아버지를 떠올리면 여전히 현실은 무거웠다. 그에게는 자유롭게 즐기며 살 권리보단 나라를 다스리기 위한 기술들을 배울 의무만 있을 뿐이었다. 그런 환경 때문에 계몽사상에 호의를 갖고 다가가고자 하지만 여전히 현실의 벽은 무시할 수 없었다.

그래서 프리츠는 그녀에게 묻고 싶었다. 왜 이득도 안 되는 자신의 본능을 거리낌 없이 실천하는지. 머리에 있는 지식으로도 이상에 다가가기 힘들어하는 자신과 달리 별다른 생각 없이도 빛을 향해 일직선으로 달리는 이유가 그는 궁금했다.

"빨리 와요, 빨리~."

"네, 네. 갑니다, 공주님~."

그렇게 한참을 생각할 때 아멜리아는 멍 때리는 프리츠를 잡아끌었다. 그녀의 미소에 프리츠는 마주 웃으며 일단은 이 상황을 즐기고자 마음먹었다. 행복이란 게 나쁜 것은 아니니까.

"이야, 역시 맛있다~. 앞으로 자주 와야겠어요. 아니면 그 요리사를 궁으로 부를까?"

"하하. 그것도 좋죠. 요즘엔 저 때문에 궁 밖에 자주 나오시긴 하지만 평상시엔 궁에 주로 있으니까 옆에 데리고 있는 것도 좋을 것 같네요. 그 요리사는 망명 온 위그노라던데…….
설득해서 완전히 여기에 정착시키는 것도 좋을 것 같군요."

얼마 후, 둘은 상당히 만족한 상태로 식당을 나왔다. 대륙 서쪽의 융성함에 다시금 감탄한 순간이었다. 문화와 요리의 요람에서 튀어나온 감각들은 둘은 즐겁게 만들어주었다. 고작 종교의 문제로 이런 두뇌를 유출하는 프랑스에 프리츠는 안타까움을 느꼈다. 하지만 억압과 고통이 지식과 권리를 만드는 법이었다. 절대주의 치하에서 나오는 학술의 결과물은 진보를 가져다주었다. 자신도 그러했듯이.

그러나 현실이 그의 삶을 정적으로 만들었다. 진보가 가져다주는 변화가 없는 삶에 그의 감정은 무뎌져 갔다. 과연 정도를 걷는 것이 맞는지 의문스러웠다. 옆의 천진난만한 소녀가 생각 없이 보일 정도였다. 선한 것은 좋지만 삶이 원하는 대로 움직이는 것은 아니니 말이다. 자신이 긍정하는 인간상이건만 비현실적이라는 생각에 그녀의 의식에 대해 의문의 감정을 가졌다.

하지만 프리츠는 결국 그러한 자신의 감정과 생각을 드러내지 않았다. 의문은 들었지만 상자를 꺼내들지는 못했다. 무뎌진 감정의 영향일까, 그는 지금의 일상이라도 지켜야 한다고 생각했기 때문에 그 이상의 감정은 필요 없었다. 그녀의 웃음에 웃음으로 화답하며 그는 지금 즐길 수 있는 행복에 집중하기로 마음먹었다. 물어보고 싶지만 어차피 그가 보기엔 자신에게 더는 큰 변화가 있을 리 없었다.

'그저 현실에 충실해야지…… 도덕이란…….'

"감히 그걸 말이라고! 너희들은 그저 높은 사람의 말에 따르면 되는 것이다!"

그렇게 사색에 빠져있을 때 프리츠는 누군가 자신을 당기는 느낌을 받았다. 그 느낌에 옆을 바라보니 아멜리아가 어딘가를 바라보며 자신의 소매를 잡아당기고 있었다. 이에 프리츠는 아멜리아가 바라보는 곳을 쳐다보았다. 그곳에서는 지주와 소작농의 모습이 프리츠의 눈앞에 펼쳐지고 있었다. 브리튼의 귀족으로 보이는 자가 자신의 권리를 주장하는 소작농을 모두가 보는 앞에서 두들겨 패고 있었다. 대강 말하는 것을 들어보니 소작세와 거주 이전의 자유에 대해서 말하는 것 같았다. 해당 농작지의 조건이 척박한 모양이었다. 그러나 자신이 있는 의회 선거구역에 막대한 자금이 필요했던 귀족은 그걸 받아들일 리 없었다. 결국 일방적 구타가 이어졌다. 남들이 보기엔 잔인할 정도로.

그러나 이 행동에 그 누구도 뭐라 하지 않았다. 해당 귀족은 그 지역을 호령하는 인물이었고 의회에도 영향력이 있었다. 무엇보다 자신의 영지를 다루는 일에는 그 누구도 간섭을 할 수 없으니 어찌 보면 합법적인 일이기도 했다. 그 누가 뭐라고 하겠는가? 그냥 다들 지나쳐 갔고 외국인인 프리츠는 억압받는 농민에 연민을 느끼며 그저 지나치고자 했다. 프리츠는 아멜리아의 소매를 잡아당기며 숙소로 돌아가려고 했다.

하지만 아멜리아는 움직이지 않았다. 그 귀족을 정면에서 째려볼 뿐이었다. 프리츠는 놀라 친우를 지켜주기 위해 어서 자리를 뜨고자 했지만 그녀는 요지부동이었다. 오히려 프리츠의 팔을 내치며 앞으로 나아가 말했다.

"공작 나리께서 여기서 뭘 하고 계십니까?"

"호오? 여기서 공주마마를 뵐 줄은 꿈에도 몰랐군요."

아멜리아가 다가가자 브리튼의 권력가는 웃으며 자국의 공주를 맞이했다. 그러면서 그와 전임, 현임 총리와의 인연을 이야기했다. 숱한 정쟁에도 살아남은 이유가 그의 태도와 혀에서 묻어나오기 시작했다. 구밀복검의 태도가 순식간에 아멜리아를 감쌌다. 예의를 차려도 언급하는 내용은 완전한 자기방어와 위협이었고, 온화한 표정이지만 기묘하게 씰룩거리는 입꼬리가 사방을 소름끼치게 만들었다.

"자, 아멜리아 공주마마. 마마가 계실 곳은 이런 곳이 아니라 미모에 걸맞은 아름다운 궁전이니 어서 이런 미천한 곳은 신경 끄시고…… 갈 길을 가시지요."

"싫다면요?"

하지만 아멜리아는 물러서지 않았다. 오히려 사람이 사람에게 어찌 그럴 수 있냐며 귀족의 행동을 꾸짖었다. 프리츠는 그런 그녀의 태도에 어쩔 줄 몰라 했다. 그가 보기엔 그녀가 너무 동화책의 소녀같이 보였다. 올바른 행동이었지만 현실감각이 없어 보였다. 그러나 브리튼 간의 일에 브란덴부르크가 끼어들기도 애매한 순간이었다.

"아아…… 공주마마가 낭만적인 분이란 걸 듣긴 들었지만……. 제가 누구신지 정녕 모르십니까?"

"알아요. 브리튼의 공작이자 현 의회의 큰 후원자 중 하나 아니십니까?"

"그럼 공주마마가 입는 옷도 다 제가 낸 돈 덕인 것을 알겠군요? 공주마마가 누구 덕에 사십니까? 이 미천한 것이 돈을 냅니까? 이 나라가 누구 덕에 돌아가죠? 오늘은 넘어갈 테니 궁에 돌아가 현실감각을 키우시길 바랍니다."

브리튼의 권력가는 당당하게 나서고는 교회에 가야 들을 법한 공주의 말을 상기하며 한참을 웃어댔다. 프리츠는 공주의 말에 동감은 했지만 상대방은 왕가도 무시할 수 없는 사람이었다. 일단 지나치는 것이 더 좋은 선택으로 보였다. 그간 배운 전술의 기본이 그러한 것이었으니 말이다. 브리튼의 공작은 그렇게 한참을 웃다 주변 수하들에게 손짓했다. 예를 갖추며 궁까지 모시기 위해 양옆의 경호원이 공주에게 다가갔다.

'이런……. 일이 복잡해지는데 난 어찌해야……'

공작의 태도에 프리츠는 분노를 느꼈다. 그러나 주먹을 불끈 쥐는 것 말고는 할 만한 행동이 그의 머릿속에는 떠오르지 못했다. 자신의 아버지와 마찬가지로 힘으로 해결하려는 태도에 힘없는 그로서는 버텨내는 것 외엔 답이 없어 보였다. 정말이지 말과 글의 힘은 주먹의 힘에 비하면 아무것도 아닌 것처럼 보였다.

"현실감각이 없는 것은 오히려 당신 아닌가요?"

"호오? 무슨 말인지요?"

그러나 소년과 다르게 소녀는 당당했다. 오히려 더더욱 당차게 모두가 보는 앞에서 귀족의 앞으로 걸어갔다. 도시의 외곽이라 사람이 아주 많지는 않았지만 그녀의 태도에 순식간에 사람들의 눈이 몰려들기 시작했다. 그녀는 자신이 교회와 가정에서 배운 가치에 대해 언급하며 말을 이어갔다.

"남을 다스리려면 사람이란 존재를 제대로 파악해야 해요. 사람의 가치가 뭔지, 왜 우리가 종교와 도덕의 가치를 따르는지 말이에요."

"그런 교과서 같은 말들이 현실이라고 말할 생각은 아니겠지요?"

예상과는 다르게 의외로 순진하다고 볼 수 있는 말에 귀족은 웃으며 답했다. 그러나 아멜리아의 표정은 사뭇 진지했다. 그녀는 상대방의 두 눈을 쳐다보며 말을 이어갔다.

"아뇨. 오히려 그 말들이 맞아요. 우리가 왜 통상의 진리와 도덕을 어릴 때부터 가르치나요? 왜 기초교과에 실어서 너무 당연한 구닥다리라고 느낄 정도로 배우게 하나요? 당연할 정도로 그것이 옳기 때문이에요. 피폐한 삶에서 벗어나야 능률이 오르는 것이 당연한 현실의 결과물이거늘, 그저 흡혈귀처럼 날뛰는 것이 현실감각이 있다고 할 생각이신가요?!"

아멜리아는 브리튼의 사람들이 보는 앞에서 맞고 있던 농민을 감싸 안으며 외쳤다. 그녀가 생각하기에 힘을 기르는 힘은 상대방을 인정하는 것에서 나왔다. 착취는 인생을 허무하고 메마르게 느끼게 할 뿐이었다. 내일이 없는 인간에게서 효과적인 일을 바랄 순 없었다. 존중과 도덕은 세상을 더 이롭게 하기 위한 도구였다. 현실적으로 더 나은 결과물을 얻기 위해서는, 생산성 향상을 위해서라도 그 사람이 원하는 것을 조금이라도 이루게 해주는 것만큼 좋은 것이 없었다. 도덕은 장기적 이득이었다.

그런 그녀의 말을 듣자 프리츠는 자신이 왜 계몽사상과 같은 자유로움을 추구하는 사상에 감화되었는지를 떠올렸다. 그것이 도덕적으로 자신에게 옳은 말이었기 때문이었다. 속박당하는 삶을 사는 그가 완연한 자유로움의 당연함을 설파하는 사상에 감화되지 않을 리가 없었다. 그 사상들은 자유와 도덕, 정의와 책임감을 주장했으며 말로만 끝나지 않았다. 온갖 방면의 학술적 증진, 진보를 낳아 시대가 한 단계 더 발전하게 도와주었다. 비록 절대왕정 체제에서 눈치를 보고 있긴 하지만 자유로운 도덕성은 확실히 더 좋은 결과물들을 낳고 있었다.

그렇다. 도덕은 그저 따분한 말이 아니었다. 자신에게 다가올 이득을 부드럽게 말해주는 것이었다. 세상이 빛으로 뒤덮인다면 자신도 따뜻할 테니.

하지만 브리튼의 대공은 그렇게 생각하지 않았다. 배부른 자가 변화에 긍정적일 리가 없긴 했다. 그는 귀찮아 보이는 표정을 짓고는 이 상황을 무력으로 해결하고자 했다. 그가 보기엔 아멜리아의 행동은 바다와 같은 거대한 존재에 고작 물 한 방울 떨어트리는 행동에 불과했다. 하지만 그 한 방울은 파장을 일으켰다. 같은 바다에 속한 존재들에게 자신의 존재를 확실히 알리며 그들과 한 마음이 된 것이다.

"어이, 공작 나리. 그만두시지?"

"하, 뭐라고?"

공작의 부하들이 공주를 붙잡으려는 찰나 옆에서 지켜보던 붉은 제복의 한 장교가 그들을 가로막으며 말했다. 이에 공작은 젊은 장교의 패기에 헛웃음을 지었다. 힘없는 자의 생각 없는 발악으로 여겼기 때문이었다. 그러나 그런 태도는 오래가지 못했다. 주변 사람들이 하나, 둘 공주와 그녀의 생각을 지키기 위해 움직였기 때문이었다. 자신의 수하보다 압도적으로 많은 수가 주변을 장악해가자 공작은 순간 두려움에 빠질 수밖에 없었다. 이내 공작은 도망이란 선택지를 골라 자신의 영지로 도피했고, 주변 사람들은 공주에게 다가가 그녀에게 감사를 표하며 공주를 치켜세워 주었다.

프리츠는 이 놀라운 광경에 입을 다물 수 없었다. 순식간에 일어난 행동에 순간 이해가 가질 않았지만 서서히 그도 이해할 수 있었다. 공주가 말한 도덕이, 그 감정이 모두를 포용했기 때문이었다. 그녀의 순수한 선의 태도가 자연스레 사방의 모두를 설득했던 것이었다. 사람들은 그 설득에 응했으며 용기를 얻고 진정한 이득이 뭔지를 다시금 깨달으며 행동해야 할 이유를 떠올렸다. 서로가 서로를 도우는 데서 나오는 좋은 결과물을 위해서 말이다. 지금 이 순간처럼. 누군가가 타인을 탄압할 때 움직이지 않으면 자신이 탄압받을 때 아무도 돕지 않을 테니까. 도덕이 왜 존재하는지 알 수 있는 순간이었다.

그렇다. 아멜리아는 자신의 생각과 달리 순진난만하기만 한 소녀가 아니었다. 오히려 남들보다 더 현실적인 전략가였다. 프리츠의 의문에 답을 내려줄 그런 사람이었다. 현실과 도덕을 나누어 보지 않고 합쳐 보는 태도와 그 결과물에 프리츠는 감탄했다. 현실의 속박을 넘어 일직선으로 도덕을 향하는 것이 가져다주는 행복과 이득에 프리츠는 다시금 생각하게 되었다. 그리고 그간 못 넘었던 벽을 넘는 느낌에 그는 기분이 좋아졌다. 그간 현실 때문에 검게 물든 마음속 구슬이 순백의 본모습을 되찾아가는 듯했다.

'비록 힘들겠지만 저렇게 사는 것도 좋지……'

프리츠는 그리 생각하며 아멜리아를 바라보곤 웃었다. 그 행복감에 젖어있는 모습에 그녀도 활짝 웃으며 웃음으로 화답해주었다. 하지만 그녀의 생각은 그와는 약간 달랐다. 더 좋은 결과물을 찾기 위한 도전의 결과물이 도덕이긴 했지만 그녀는 좀 더 너머의 것을 보고 싶었다. 사람들의 순수한 웃음, 밝음이 가져다주는 행복이 보고 싶어서 그녀는 이성과 본능이 합쳐진 채로 움직였던 것이다. 그래서 그녀는 프리츠의 웃음에 미소로 화답해주었다.

다 같이 웃는 순간이 너무나도 좋았으니까. 그래서 선택한 도덕이니까.

그래서 다들 움직여주었던 것이다. 결국엔 마음을 움직이는 것은 마음이었다. 그렇게 다들 진심에서 나온 결과물에 웃으며 하루의 마지막을 보냈다.

그렇게 프리츠는 아멜리아에게 감화되었다. 순수한 선이 얼

마나 대단하고 이유 있는 행동인지 감탄하며 다시금 깨달았다. 비록 그렇다고 해도 당장 자신의 삶이 변하는 것은 아니었지만 삶의 의의를 되찾은 기분이었다. 그래서 프리츠는 아멜리아에게 감사했고 모국으로 돌아가기 전까지 최대한 만나고 싶었다. 하지만 매일 만날 수 있는 것은 아니었다. 엄연히 왕가의 사람인 그녀에게도 일정이 있을 테니 말이다.

그런 이유로 오늘의 프리츠는 숙소에 박혀있기로 했다. 배운 것이나 검토하면서 말이다. 오늘은 브리튼의 행정 역사에 대해 배운 날이었다. 브리튼은 오래전부터 치안판사justice of the peace제도를 통해 중앙의 일을 더는 동시에 지방에 대한 통치권을 최대한 활용하는 행보를 보여왔다. 예나 지금이나 중앙정부의 힘을 지방까지 미치게 하는 것은 상당히 힘겨운 과정이었다. 중앙의 지식인을 지방에 보내거나 지방의 덕망가에게 약식재판을 맡김으로써 중앙의 법과 질서를 확보하고자 했다. 그러나 아무리 이런저런 형태의 관리를 파견해도 중앙의 행정력을 지방 곳곳에까지 미치는 것은 힘에 부치는 일이었다. 왕정 시대에서 프리츠가 생각하는 방책은 한 가지뿐이었다.

'친림親臨을 자주 해야지…….'

브란덴부르크-프로이센의 왕자가 생각하기엔 중앙정부의 힘이 지방까지 최대한으로 가려면 왕의 인사들이 지방에 가는 동시에 왕도 지방 순행을 자주해야 한다고 생각했다. 자신의 영토에 대해 잘 알아야 만일의 사태가 벌어질 시 대처하기도 쉽고 사람을 심기에도 좋으니 말이다. 왕정 체제를 잘 활용하면 지방의 지주들도 통제하기 편했다. 일단은 다들 왕의 신하라는 타이틀을 지니고 있으니 말이다. 무엇보다 중앙정부의 힘을 곳곳에 미치게 해야 좋은 정책들이 편히 시행될 수 있었다.

'제국의 카를 5세도 그랬고, 좋은 생각인 것 같은데……. 아멜리아가 들으면 뭐라 하려나…….'

"어이, 뭘 그리 생각해?"

"으, 응?!"

한참을 이리저리 생각할 때 카테가 다가와 프리츠에게 말을 걸었다. 깊은 생각의 수면 밑바닥까지 내려갔던 프리츠는 외부의 자극에 깜짝 놀라 바로 답하지 못했다. 그 어안이 벙벙한 태도에 그저 밥이나 같이 먹으려고 했던 카테는 조금 당황했다. 명석한 왕자가 뭘 그리 생각하기에 바로 반응을 못 할까? 그러나 이내 그 이유를 짐작할 수 있었다. 자신들을 놔두고 계속 만나는 존재가 있었으니 말이다. 그 존재가 평소와는 약간 다른 행동을 낳은 것이 분명해 보였다.

"음……. 누굴 그리 생각하고 있는 거야?"

"아, 아냐. 그냥 오늘 배운 거 되새기고 있었어. 무, 물론 누굴 생각하긴 했지만…….”

프리츠의 반응에 카테는 자신과 빌헬미나가 바라던 결과물이 서서히 나오고 있음을 파악하곤 웃으며 말을 이어갔다.

“아~ 그래? 그럼 하나만 물을게. 그 사람을 어떻게 생각하기에 그리 골몰히 생각에 잠겼던 거야? 설마……?”

“설마…… 라니……. 그냥 좋은 사람이야. 별다른 생각은 없어…….”

“그래? 그럼 어디가 좋다고 느껴지는데?”

“그야…… 전부?”

카테의 말에 프리츠는 얼굴을 붉히며 말을 잇지 못했다. 왕자의 태도에 확신을 가진 카테는 싱긋 웃으며 자신은 그간 얼굴만 살짝 보았던 브리튼의 공주에 대해 캐물었다. 왕자가 가지고 있는 감정을 밖으로 들추어내고 싶었기 때문이었다. 그런 감정엔 솔직한 것이 좋다고 그는 생각했다. 그리고 자신의 감정을 확실히 내뱉고 받아들여 상대에게 직진하길 원했다.

하지만 프리츠는 쉽게 답하지 못했다. 어려운 질문도 아니고 간단한 질문이건만 자신의 감정을 내뱉지 못했다. 다스리는 문제와 싸우는 문제, 지키는 문제에 있어서는 자신의 생각을 정확히 답하면서 이런 문제는 말하지 못하는 것에 카테는 왕자이기 전에 동생인 프리츠가 앳되어 보이면서도 답답함을 느꼈다. 다시 오지 않을지도 모를 기회를 버리면 슬픈 게 당연하니 말이다. 카테는 프리츠가 좀 더 감정에 솔직해지길 바랐다. 그래서 자신이 들은 그녀의 이야기를 언급하며 말했다.

"그래, 넌 그 공주님에게서 용기와 도덕의 힘을 느꼈구나. 하긴 착하게 사는 사람들을 보면 이끌릴 수밖에 없지. 아우라라 해야 하나……. 여하튼 확실한 건 그녀의 말과 행동엔 힘이 있어. 그게 정확히 뭔지는 표현하긴 힘들지만 그 감정에 너도 끌린 거지?"

"뭐……. 그렇다고 볼 수 있지."

"그럼 배운 대로 해야지. 솔직하게 말해. 당신은 너무 멋진 존재라고."

"엑, 그런 말을 어떻게 대놓고 해?"

카테의 말에 프리츠는 질색하며 대답했다. 정상적인 답변이라고도 볼 수 있으나 자꾸 피하는 듯한 태도에 카테는 부루퉁한 표정을 지었다. 이럴 때는 카이트가 더 낫다고 느낄 정도였다. 프리츠의 태도는 마치 겁을 먹은 것 같았다. 항상 억압받고 산 탓일까. 지금의 생활이나마 유지하고 싶어 하는 마음이 대놓고 보일 정도였다. 그저 지금 이대로라도 좋으니 이 상태를 만끽하고 싶다는 생각이, 스스로가 배운 것과는 전혀 다른 생각이 그의 머리를 지배하고 있었다. 더는 잃기 싫었으니까.

그 감정에 카테는 공감했다. 이해했다. 하지만 동시에 카테는 알고 있었다. 왜 사람들이 빛을 좇는지를. 그래서 이번만큼은 봐줄 수 없었다.

"그렇게 힘들면 그렇게 살아. 네가 그리 좋아하는 것들처럼."

카테는 그렇게 말하며 오늘 수업에서 쓴 책들을 프리츠의 앞에 내던졌다. 프리츠 자신이 아니라 부왕이 선택했던 길들을, 그 운명을. 이에 이 양면의 사나이는 뭔가 꿈틀거리는 반감을 느꼈다. 카테가 보낸 도발에 본능이 답했다. 자신은 항상 그 길을 거부했으니 말이다. 하지만 일단은 그 길을 걷고 있다. 부정하지 못하고. 그러나 이젠 달랐다. 만남이 변화를 불러일으켰다. 사람들이 왜 따뜻한 바람에 몸을 맡기는지 깨달았다. 여기서 숨긴다는 것은 그녀를 부정한다는 의미였다.

"……그래. 어차피 떠나면 다시 보기 힘드니 한번 내질러보지……."

프리츠는 머리를 긁적이며 약간 더듬거리곤 답했다. 이에 카테는 밝은 미소를 지으며 그의 어깨를 쓰다듬어주었다. 잘되지 않더라도 스스로를 가두고 있는 것보단 나으니까.

프리츠가 아멜리아가 자신을 어찌 생각하고 있을지 한참을 고민할 때, 아멜리아도 비슷한 생각을 하고 있었다. 그녀도 그를 생각하고 있었다. 프리츠가 어떤 사람인지에 대한 흥미에 불과하긴 했지만, 여하튼 같은 시간에 그녀도 그를 생각하고 있었다. 그래도 나쁘게 생각한 것은 아니었다. 어찌 보면 겉과 속이 달라 보이긴 했지만 그래도 나쁜 사람은 아니라고 그녀는 느꼈다. 항상 빛을 품고 있는 것이 눈에 보였기 때문에 분명 그는 좋은 사람이 되리라고 그녀는 생각했다. 군주제의 사람이라고 믿기 힘들 정도로 만날 때마다 자유로움을 언급했으며 그 순간만큼은 초롱초롱한 눈빛을 짓고 있었으니까. 다만 그녀가 생각하기에 프리츠는 그런 말이 튀어나오게 된 원인에 지나칠 정도로 억눌린 느낌이 들었다. 왕족으로서 부족함 없이 자라난 그녀는 그 이유를 이해하기 힘들었지만, 그래도 그는 분명 좋게 되리라고 생각했다.

그렇게 오늘도 일기장에 이야기를 전하고 있을 때 누군가가 방문을 두드리는 소리가 들렸다. 아멜리아는 그 소리에 이끌려 방문으로 향했다. 밖에는 궁녀가 브리튼 왕비의 말을 공주에게 전할 준비를 하고 있었다. 아멜리아는 그 부름에 어머니의 방으로 향했다.

"부르셨나요, 어마마마?"

"오 왔구나, 아가."

방에 도착한 아멜리아는 살며시 방문을 열며 말했다. 이를 들은 브리튼의 왕비는 일어나 자신의 딸을 반겨주었다. 그러곤 이런저런 신변잡기의 이야기들을 시작했다. 오늘은 뭘 했고 무엇을 배웠는지를, 하지만 아멜리아는 이런 간단한 이야기를 하기 위해 자신을 부른 것은 아닐 거라고 직감했다. 어두워지는 시간에 사람을 시켜 자신을 불렀다면 할 말이 있을 거라고 그녀는 생각했다. 그리고 이는 크게 틀리지 않았다. 이내 온화한 어머니는 자식을 바라보며 상냥하게 웃곤 말했다.

"그래…… 잘 지내고 있다니 다행이구나. 그건 그렇고…… 오늘은 너에게 해줄 말이 있어 부른 거란다."

"아…… 무슨 일인가요?"

"사실은 너의 혼담 때문이란다. 너도 슬슬 시집갈 나이가 됐잖니?"

왕비는 비록 편치는 않지만 최대한 밝은 미소를 지으며 공주에게 말했다. 이 말에 아멜리아는 잠시 놀라 바로 답하지 못했다. 갑작스러운 말에 그녀는 평소답지 못하게 대처할 방법을 찾지 못했다. 아무리 포장해도 결국엔 외교 일환으로 타국의 낯선 이와 결혼해 모국을 떠나야 한다는 말이었으니까. 물론 결혼 전에 몇 번 보긴 하겠지만 왕족이란 것이 다 그렇듯 정해진 대상과 만나 태어난 곳을 떠나야 할 운명이 결국 그녀에게도 다가온 것이었다. 왕비도 그런 마음을 모르는 것이 아니라 최대한 웃으며 그녀의 손을 잡곤 말했다.

"왕가 여자들의 길을 너도 잘 알잖니……. 너무 크게 상심하지는 말렴……. 게다가 이건 나라를 위해서도 좋은 일이야. 우리 대 브리튼 왕국의 기본 외교 기조는 대륙의 균형을 유지하는 거란다. 그러기 위해서는 합스부르크 왕가의 친선이 무엇보다 중요하지……. 왕족으로 태어나 지금껏 받아온 사랑을 갚을 길이란다."

왕비는 나라의 기본 정책을 언급하며 자신의 딸을 설득했다. 최소한 가슴은 동의하지 못할지라도 머리의 동의는 얻어야 그나마 마음이 편했으니 말이다. 왕비는 딸에게 합스부르크가의 방계나 오스트리아의 유력가와 결혼해야 하며 이는 중요한 의무라고 말해주었다. 현재 합스부르크 가문의 직계 남성의 대가 끊겨 국사 조칙으로 여인이 물려받을 예정이라 브리튼은 여러 다른 루트를 상정하고 있었다. 그리고 이번 논의가 그 일환이었다. 왕비는 성사가 안 될 수도 있으나 양국의 화합을 위해 공주가 대륙으로 갈 수도 있음을 말해주었다. 그리고 이것을 이해해주기를 바랐다. 하지만 부드러운 말에도 그 속안에 있는 냉정한 현실에 아멜리아는 기분이 편하질 못했다. 정해진 길이 있다는 사실은 그녀의 마음을 무겁게 했다. 발이 이끄는 곳으로 가고 싶은 것이 그녀의 본능이었으니까. 하지만 그녀는 행복하게 자란 대가를 치러야만 했다. 그렇지 않으면 지금까지의 행동은 그저 방종에 불과했으니. 무엇보다 자신이 거절할 수 없는 현실의 벽에 그녀는 이런저런 생각을 해도 결국 수락할 수밖에 없었다. 최대한 어머니에게 기분 좋은 표정을 지으며 그녀는 웃음으로 화답했다. 왕비는 자신의 뜻을 거역하지 않고 순순히 따라주는 딸에 감사를 표하며 꼭 껴안아 주었다. 어쩌면 다시 보기 힘들 그녀를 위해서.

아멜리아는 그렇게 이야기를 나누곤 방 밖으로 나왔다. 그리고 자신의 방으로 들어가 침대에 누워 생각에 잠겼다. 얼굴도 모르는 사람과 결혼해야 한다는 현실에 그녀는 착잡한 감정을 느꼈다. 약간 눈물이 흐를 정도였다. 부정함과는 거리가 멀고 선행을 즐겨하며 항상 원하던 것을 펼치고자 했던 그녀였기에 울타리에 갇힌 느낌은 그녀를 슬프게 했다. 하지만 피할 수 없었고 그래서 그녀는 일단 잠을 청했다. 한동안이라도 그런 사실을 잊을 수 있게 해주니까.

그런 순간 또다시 누군가가 방문에 노크하는 소리를 들었다. 다시 심부름 온 궁녀인 걸까? 안 그래도 상심하고 있는 그녀는 새로운 소식에 대한 두려움에 방문에 쉽게 다가가지 못했다. 또 다른 소식이 자신을 더욱 힘들게 할 것만 같았다. 하지만 현실은 거부할 수 없는 법, 그녀는 조심스레 방문을 열었다. 예상대로 궁녀가 전할 것이 있어 그녀를 기다리고 있었다. 그녀는 마음의 준비 끝에 무엇인지 물어보았다.

"또…… 무슨 일인가요?"

"공주님, 누가 이런 서찰을 보내왔습니다."

의외의 말에 공주는 놀라 편지를 받고 방에 들어가 펴보았다. 그것은 외국의 왕자인 프리츠가 그녀에게 보낸 서찰이었다. 내용은 단순했다. 지금 나올 수 있으면 적어둔 장소에 나와 달라는 것이었다. 아니면 다음에 만나거나. 중요한 이야기를 하고 싶다는 말에 그녀는 조금 망설였다. 평소라면 몰래 나가주었겠지만 지금은 기분이 별로 좋지 않았으니까. 하지만 그녀는 교회에서 프로테스탄트로서 교육을 받은 몸이었다. 자신이 언짢다고 남을 소홀히 대하는 것은 좋지 않다고 배운 그녀는 도덕적 관계의 중요성을 알았다. 잘 대하면 분명 좋은 인연으로 남아 자신에게도 도움이 될 것이었다. 그러니 기분은 안 좋아도 무슨 일인지 알기 위해 잠시 밖으로 나가자고 생각했다. 무엇보다 프리츠는 별일도 아닌데 부를 사람은 아니라고 그녀는 생각했다.

평소처럼 발코니를 통해 그녀는 몰래 밖으로 나갔다. 붉은 제복의 경비원들은 빨리 돌아오겠다는 그녀의 말을 믿으며 오늘도 눈감아 주었다. 걸리면 영창을 넘어 사형이겠지만 평소 그녀의 품행은 위험을 감수할 만큼 충분했다. 신뢰의 힘으로 밖에 나온 그녀는 약속된 장소에서 기다리고 있는 프리츠에게 다가가 말을 걸었다.

"이 시간에…… 무슨 일이신가요?"

"그게…… 그러니까……. 음……, 그러니까 말이죠……."

프리츠는 바로 말하지 못하고 어물쩍거렸다. 할 말은 간단했지만 부끄러운 감정이 먼저 앞섰다. 당신의 선한 본능에 감화되었다고, 당신은 어찌 그리 거리낌 없이 멋진 행동을 하냐고 말하면 그만이었다. 하지만 프리츠는 너무 부끄러워 말을 하지 못했다. 이 행동에 그녀는 뭔지는 모르겠지만 웃으며 괜찮으니 어서 말해보라고 했다. 그 말에 프리츠는 조금 용기를 얻었고, 밝은 미소에 따뜻함을 느껴 몸이 풀리는 느낌을 받았다. 이제 그는 풀린 몸을 마음껏 움직일 때라고 생각했다. 그녀에게 배운 바가 있었으니까.

선한 이성에서 나오는 본능의 결과물이 얼마나 아름다운지를 알았고, 벽을 넘어야 할 순간이 있음을 깨달았으니. 이 순간만큼은 순응하며 살 순 없었다. 그래야만 했다. 그러니…….

"다, 당신을…… 좋아합니다……."

프리츠는 드디어 자신의 생각을 밝혔다. 이 순간만큼은 가면을 내던졌다. 그 말에 순간 그녀는 당황했다. 그와 달리 그녀는 크게 그런 생각이 없이 그저 좋은 친구 정도로만 생각했으니까. 게다가 그녀와 그의 신분을 생각하면 어리석어 보였다. 서로 좋아한다고 해도 이루어질 가능성은 현저하게 적었다. 제국의 마리아 테레지아라는 여성은 자신이 좋아하는 사람인 프란츠 슈테판과 결혼까지 성공했다지만 그것은 극히 소수의 경우에 불과했다. 비록 슬프지만 둘은 정해진 길로 갈 수밖에 없는 현실이었다. 그녀는 최대한 좋게, 자신의 어머니가 자신에게 그랬던 것처럼 좋게 말해줘야겠다고 생각했다. 그녀는 웃으며 그에게 다가갔다. 그러곤 그의 손에 자신의 손을 건네려 했다.

하지만 먼저 손을 뻗은 것은 프리츠였다. 외국의 왕자는 외국의 공주에게 먼저 다가가 두 손을 잡으며 말했다.

“당신과 함께 있을 수 있다면…… 전 그것만으로도……. 당신과 함께 어디든 가고 싶어요!”

프리츠는 그저 마음이 말하는 대로 아멜리아에게 말했다. 그녀는 그 말에 순간 동요했다. 그 누구보다도 현실을 신경 쓰는 그가 지금 이 순간만큼은 현실에서 벗어나고자 했으니까. 그리고 이내 그녀는 프리츠에게 동질감을 느끼기 시작했다. 자신도 그런 감정을 느꼈으니까. 그리고 동시에 그런 현실을 이겨내고자 순수한 마음의 빛을 향해 달려가는 그가 멋져 보였다.

그러자 단순한 감정이, 선한 이성에 대한 본능이 그녀를 지배하기 시작했다. 그녀는 그저 웃으며 그의 손을 다잡아주곤 프리츠를 꼭 껴안으면서 말했다.

“바보 같긴……. 그런 건 좀 더 당당하게 말하는 거예요.”

그렇게 말하며 그녀는 그를 꼭 끌어안아 주었다. 다른 이유 따윈 없었다. 그저 서로의 웃는 모습을 보는 것이 기분 좋을 뿐이었으니까. 그렇게 대륙에 이어 섬에서도 두 남녀가 이루어졌다. 끝까지 좋을지는 모르겠지만…….

"그래서? 그래서? 어찌 됐는데?"

"어찌 되긴……. 괘, 괜찮대, 자기도……."

"오! 드디어 바보가 한 건 했구먼!"

다음 날, 카테와 카이트는 수업이 끝나자마자 근질근질한 입술을 떼어내며 프리츠에게 물었다. 너무나도 결과가 궁금했으니 말이다. 그리고 다행히 결과는 좋았다. 이 말에 둘은 얼굴을 붉히며 진심으로 축복해주었다. 카테는 빌헬미나와 자신의 바람이 결국 좋은 결과를 맞이했다고 안심하고 또 안심했다. 이제 남은 일은 고국에 돌아가기 전까지 두 사람이 최대한 삶을 만끽하게 해주는 것이었다. 카테는 프리츠에게 어서 밖으로 꺼지라고 웃으며 말했다. 프리츠는 둘의 지원을 받으며 옷을 차려입곤 웃으며 밖으로 나갔다.

이제 본국으로 돌아가기까지 약 한 달, 얼마 남지 않은 이 시간 동안 두 남녀는 본능을 충실히 따르자고 약속했다. 그래서 프리츠는 오늘도 수업이 끝나자 밖으로 나간 것이다. 비록 취향이 같지는 않았지만 본질적으로 둘은 닮아 있었다. 둘은 따뜻함에 이끌려 같이 뒹굴었다. 만나며 나눈 이야기들은 대부분 별로 중요하지 않고 시답잖았지만 그래도 둘은 만날 때마다 그 순간을 즐겼다. 평범한 일상이 주는 행복을 만끽했으며 그 덕에 둘은 서로를 확실히 마주할 수 있었다. 비록 부족한 면이 있다 할지라도 결국 좋은 곳에서 행복하게 살고 싶은 사람임을 말이다.

얼마 안 되는 시간이긴 하지만 둘은 만날 수 있으면 만났고 안을 수 있으면 안았다. 왕족의 운명이 서로를 속박하고 있긴 하지만 이 시간만큼은 둘은 자유인과 같았다. 정말로 둘은 이 순간에는 행복감에 젖어있었다. 하루는 프리츠가 그녀를 바라보며 이렇게 말했다. 그날도 평범히 그저 시가지를 걷고 있던 날이었다.

"요즘 느끼는 건데 아멜리아, 내가 원하던 건 그리 대단한 게 아니었어. 괜히 서책을 보며 시간 낭비를 한 느낌이야."

"그럼 당신이 진정 원하던 건 뭔데요?"

"그냥…… 이렇게 같이 있는 거지. 당신과 함께……. 뭐랄까…… 진보적인 생각을 하는 것이 아니라 멍하니 있는 시간이라도, 무의미할지라도 그저 당신 옆에 있는 게 너무 좋아."

"참…… 그걸 늦게도 깨달았네요. 헤헷."

프리츠는 지금만큼은 억압받는 삶 때문에 자유사상가에 영향을 받은 소년이 아니라 사랑이란 감정을 깨달은 평범한 소년이었다. 그를 짓누르고 있던 많은 것들은 따뜻함에 녹아버린 상태였다. 그래서 그는 본질에, 진심에 가깝게 다가갈 수 있었고 이 순간에 솔직할 수 있었다. 프리츠는 그렇게 말하며 그의 소녀를 껴안았으며 아멜리아는 좋은 방향으로 변해가는 그녀의 남자를 보며 현실이 주는 행복감에 젖어갔다.

하지만 둘에게는 시간이 너무나도 촉박했다. 한 달은 금방 가버렸고 평범한 연애의 장은 금세 끝나버렸다. 평범한 시간들은 행복을 주었지만 그만큼 체감시간을 가속화시켰다. 둘이 생각하기엔 별것도 하지 못했고, 실제로도 그러했지만 시간은 다가왔고 둘은 헤어질 시간을 맞이해야만 했다. 결국 맞이하고 싶지 않은 마지막 밤을 같이 보냄으로써 둘은 서로를 잠시 떠나보낼 마음의 준비를 했다. 육체의 뒤엉킴 속에 둘은 감정을 교감했으며 이윽고 본질에 완전히 다가갔다. 이런저런 복잡한 생각을 하지 않더라도 본질에 다가갈 때 나오는 행복이 얼마나 대단하고 많은 것을 변화시킬 수 있는지를 둘은 깨달았다. 그게 선이든 도덕이든 뭐든, 좋은 마음으로 가는 일직선이 사람 자체를 변화시키고 더 나아가 세상 자체를 변화시킬 힘이란 걸 둘은 교감하며 공감했다. 긍정이 부정보다는 몸과 마음에 좋은 게 당연하니까.

모든 일이 끝나고 침대에서 아멜리아는 프리츠를 껴안으며 말했다.

“내일이면 가네요…….”

"괜찮아. 다시 만날 수 있어. 그리될 거야."

"네. 저도 그리 믿어요. 다만 가기 전에 하나만 알아줬으면 좋겠어요."

"뭔데?"

아멜리아의 말에 프리츠는 싱긋 웃으며 물었다. 이에 그녀는 그의 가슴팍에 손을 올리며 답했다.

"사실 당신은 따뜻한 사람이란 걸 말이에요. 겉으론 차갑고 그게 당연한 것처럼 생각하지만……. 당신은 따뜻한 게 더 어울리는 남자예요. 그게 당신에게도, 이 세상에게도 더 좋은 선물이 될 거예요."

"그래, 명심할게."

사람들은 희망이, 빛이 무색할 뿐이라고 말한다. 현실적인 것이 좋다고. 하지만 프리츠는 그녀의 따뜻함에서 우러나오는 멋진 것들을 보았다. 이제 그 따뜻함은 자신을 변화시켰고, 그 마음에서 나오는 감사를, 이 행복을 잊지 말자고 프리츠는 생각했다.

다음 날 프리츠와 카테, 카이트는 모국으로 돌아가기 위해 항구로 향했다. 아멜리아도 같이 가 서서히 멀어지는 배를 바라보며 계속 손을 흔들어주었다. 이를 바라보며 카이트가 프리츠에게 말했다.

"멋진 여자네. 부러운걸."

"그래. 나에겐 과분할 정도로 멋진 여자야. 그러니……."

'당신이 준 이 행복, 그 감사함……. 잊지 않을게……'

프리츠는 그렇게 생각하며 점점 멀어지는 아멜리아를 쳐다보았다. 그리고 자신도 그녀를 바라보며 최대한 손을 흔들었다. 어둡고 칙칙한 곳에만 있었던 자신에게 밝은 곳을 구경시켜주었던 연인을 생각하며.

"왔구나, 프리츠."

"반가워, 동생아."

"반가워, 오빠!"

"다녀오셨습니까, 형님."

"예 어머니, 누님. 그리고 모두들. 다들 잘 지냈지?"

얼마 후, 그리 오래지 않은 시간이 흐른 뒤 셋은 모국에 도착했다. 왕궁의 정문에서는 왕가의 식구들이 프리츠가 탄 마차를 기다리고 있었다. 비록 부왕은 오지 않았지만 프리츠에겐 사실 그게 더 좋았다. 왕비 소피아 도로테아와 누이 빌헬미나, 그리고 어린 남동생과 여동생들이 부왕 대신 왕세자를 맞이해주었다. 프리츠는 가족들과 오랜만의 인사를 나누고 그간 배운 걸 말해주면서 같이 식사를 했다.

"브리튼은 역시 기대만큼 발달된 나라였어요. 물류와 교역의 중심을 브리튼의 상선이 독점하게 하는 방식으로 타국보다 더 나은 세금 혜택을 추구하고 있었어요. 과거 저지대가 그러했던 것처럼 항해조례를 통해 자신들의 상선을 통해 거래하는 법과 그를 뒷받침하는 대양함대들이 브리튼의 힘이라고 해도 과언이 아니었어요. 우리도 언젠간 함대를 길러야 할 거예요. 그 전까진 브리튼과 같은 해양세력과 친교를 하면서 말이죠."

"오, 역시 그렇게 느꼈구나. 그렇다면 그곳의 선생들은 우리나라가 어떠한 경제 시스템을 가져야 한다고 했니?"

"우린 식민지가 있는 국가도 아니고 육상에 집중한 나라이니 자유무역과 보호 산업을 적절히 이용해야 한다고 하더군요. 저도 공감하고요."

프리츠는 어머니의 말에 그리 답하며 식탁의 고기를 집어 들었다. 귀찮아했을 전과 달리 자신에게 주어진 상황에 당당히 나서는 태도에, 소피아 도로테아는 자신의 친정이나 다름없는 브리튼에 프리츠를 보내길 잘했다고 생각했다. 사실 아멜리아의 영향이 컸지만 여하튼 그러한 사실을 모르는 왕비 입장에서는 브란덴부르크-프로이센과 상반되는 자유롭고 발달된 해양제국에 교육을 보낸 것이 아들의 인격 형성에 좋은 결과를 가져다준 것으로 생각되었다. 왕비는 자신의 아들이 이젠 어디에 내놔도 손색이 없어 보였다. 그래서 왕비는 식사가 끝나자 프리츠에게 다가가 조만간 중요한 할 말이 있다고 말해주었다. 프리츠는 무슨 일인지 물어보았지만 왕비는 지금 당장 말할 것은 아니고 확실히 정해지면 그때 말해주겠다고 했다. 어머니의 태도에 프리츠는 의아스러웠지만 크게 궁금하지는 않았다. 어차피 언젠간 말해줄 테고 일단 자신은 모국에서의 일상으로 돌아가야 하니 말이다. 그래서 프리츠는 자연스럽게 식사 후 빌헬미나와 동생들과 다시 인사를 나누곤 방으로 돌아가 짐을 풀었다.

그리고 한동안 프리츠는 모국에서 교육의 나날을 보냈다. 그녀를 다시 보리라는 희망과 함께.

얼마 지나지 않아 프리츠는 왕비에게 오라는 전갈을 받았다. 프리츠는 직감적으로 그때의 일임을 알아차리고 왕비의 거처로 향했다.

"부르셨습니까? 어마마마."

"왔구나, 프리츠."

방 안에 들어가니 여러 문건들을 펼치며 자신의 아들을 기다리고 있는 왕비가 보였다. 프리츠는 먼저 예를 갖춘 뒤 그 문건들에 관심을 보이며 무슨 일로 불렀는지 물었다. 소피아 도로테아 왕비는 웃으며 일단 앉으라고 한 뒤 자신의 아들을 바라보며 말했다.

"내가 너에게 할 말이 있단다."

"무엇이신지요?"

"너도 슬슬 혼기가 찼는데……. 어미의 말이 뭘 뜻하는지 알겠느냐?"

"음…… 예……."

왕비의 말에 조금은 의기소침해하며 프리츠는 답했다. 잠깐의 일탈이 끝나고 다시 정해진 길로 가야 한다니 정말로 의기소침해질 수밖에 없었다. 정말로 피하고 싶었다. 비록 그럴 수 없다는 사실을 알지만 말이다. 하지만 왕비는 아들의 조금은 침울한 표정을 보고 웃으며 말했다.

"그래도 아주 나쁘지는 않을 거란다. 상대는 브리튼의 공주거든."

"예?!"

왕비의 말에 프리츠는 놀라 외쳤다. 그렇다면 대상은 아멜리아 공주였으니 말이다. 예상치 못한 일이었다. 어머니가 사정을 이미 알고 있는 것일까? 아들이 그런 의문에 빠져있을 때, 소피아 도로테아는 프리츠의 두 손을 잡아주며 말했다.

"예전부터 내가 계획해오던 일이란다. 근래에 브리튼의 반대파들이 오스트리아와 접근해 성사가 안 될 뻔하긴 했단다. 그러나 그 일이 도루묵이 돼서 원래대로 진행하기로 결정했단다. 이번에 브리튼에 보낸 것도 너의 처가가 될 예정이니 경험하고 배우고 오란 의미도 있었단다. 뭐, 네 아빠는 전혀 그런 생각이 없었을 테고 네 성격상 공주를 봤을 리도 없었겠지만……. 여하튼 그래도 내가 친정 사람들의 이야기를 들으니 좋은 아이라고 하더구나. 나라에도 너에게도 좋은 일이 되리라 생각한단다."

그러면서 왕비는 아들에 대한 배려와 교육차원에서 브리튼에 보냈다고 말했다. 브리튼은 엄연히 왕비의 친가이기도 하니 소피아 도로테아의 입장에서는 아들을 최대한 배려한 셈이었다. 원하지 않은 결혼이니 기분은 좋을 리 없지만 그래도 소피아 왕비는 아들이 유하게 자기 의무를 다해주었으면 하는 마음이었다.

하지만 아들은 예상과 달리 오히려 기분 좋게 웃으며 감사하다고 말했다. 의외의 반응에 왕비는 조금 떨떠름해하다가 웃으며 알겠으면 나가보라고 했다. 소피아 도로테아 왕비의 입장에서는 아들이 성장한 것처럼 보였다. 피하지 않고 자신의 운명에 맞서는 사내가 된 것 같았다. 물론 그런 면도 있었다. 그녀를 만난 후로 빛을 향한 올곧은 마음이 생겨 직무를 내팽개치는 면모는 확실히 사라지고 있었다. 하지만 더 긍정적으로 받아들인 이유는 그녀와의 관계에 대한 고민이 확 풀리는 느낌을 받았기 때문이었다. 어떻게든 운명을 거슬러 원하는 상대와 이어지고 싶은 마음이 컸는데 순풍을 탄 돛배처럼 일이 진행되니 프리츠는 정말로 기분이 좋았다. 어머니에게 감사하며 앞으로 열심히, 착하게 살겠다고 마음먹었다.

'모국에 돌아오자마자 좋은 일이 생기다니. 정말 요샌 살맛 나는걸.'

프리츠는 그렇게 생각하고 웃으며 밖으로 나갔다. 세상을 아멜리아의 색으로 뒤덮을 수 있으리라는 생각과 함께.

"그거 들으셨습니까?"

"뭐? 또 뭔데?"

"브리튼과 브란덴부르크가 왕실 결혼을 한다는군요."

"뭐라고?! 우리를 갖다 버리더니 누구랑?!"

"에이, 어차피 우린 직계 적장자가 없지 않습니까."

"뭐…… 마리아 테레지아 공주님뿐이긴 하니……. 뭣보다 공주님은 프란츠 슈테판 님과 사귀고 있기도 하고……. 그래도 이건 아니지! 우리를 놔두고 누구끼리 결혼을 해?!"

며칠 뒤, 브란덴부르크-프로이센 주재 오스트리아 대사관은 한창 떠들썩한 분위기를 겪고 있었다. 주재대사 직속의 말에 대사 제켄도르프Friedrich Heinrich von Seckendorff가 화를 내고 있었기 때문이었다. 그는 오스트리아의 외교관으로 자신의 업무를 알고 있었기 때문에 지금 상황을 받아들일 수 없었다. 오스트리아의 외교적 승리를 위해서는 기존의 외교 질서가 무너지면 안 되기 때문이었다. 서로가 서로를 적절히 견제해야만 했다. 그런데 기존의 프랑스–제국 북부, 브리튼–제국 남부 구도를 깨고자 하는 이 소식에 그는 화가 날 수밖에 없었다.

"젠장! 이 난국을 극복해야만 해. 생각해봐. 육상 강국 브란덴부르크–프로이센과 해양 강국 브리튼이 손잡는다면 일이 어찌되겠는가? 안 그래도 대대로 경쟁 상대인 프랑스를 신경 쓰기도 화나는 지경에 다른 부분까지 우리에게 불리하게 조성돼야겠어?"

"하지만 어쩝니까? 자기들끼리 좋다고 결혼하는데 우리가 내정간섭을 할 수 있는 건 아니지 않습니까? 황제 폐하라도 제국 선제후국의 일에 함부로 감 놓아라 배 놓아라 할 수는 없습니다."

"그럼 그냥 놔두게? 듣자 하니 브란덴부르크–프로이센의 프리드리히 왕자와 빌헬미나 공주를 브리튼의 아멜리아 공주와 프레데릭 왕자와 결혼시킨다는데 놔두면 두 왕가의 결속력만 강해질 뿐이야! 그렇다면 방법은 하나뿐이지."

"뭔데요?"

"넌 알 거 없으니 브란덴부르크–프로이센 국방장관 그룸브코브Friedrich Wilhelm von Grumbkow 경을 불러와! 그룸브코브 경과 대화를 해봐야겠어. 그 작자라면 아마 나와 같은 생각을 하고 있을 테지……. 지금 방법은 그뿐이야! 어서 사람을 보내! 어서!"

그의 말이 떨어지자 대사관의 관리들은 분주하게 움직이기 시작했다. 얼마 후 지정된 장소에서 제켄도르프 대사는 전쟁부 장관 그룸브코브를 만나 이야기를 나누었다. 제켄도르프 대사의 예상처럼 장관은 브리튼과 자국 간의 결혼을 반대하고 있었다. 브란덴부르크-프로이센의 안정을 위해서는 제국 내부의 결속력을 다지거나 프랑스 또는 오스트리아와 결혼하거나 오스트리아가 만족할 만한 결혼을 해야 한다고 그는 생각했다. 이러한 속내를 파악한 제켄도프르 대사는 그룸브코브에게 웃으며 말했다.

"프랑스도 아니고 저희도 아니고 브라운슈바이크-베베른 왕가도 아니고 브리튼이라니! 놀라셨겠습니다. 호엔촐레른 왕가는 무슨 생각으로 그랬을까요?"

"그러게 말입니다. 브리튼 놈들이 우리에게 무슨 이득이 있다고? 대륙의 균형만 바라는 놈들이니 우리의 성장도 바라지 않을 텐데 말이죠. 차라리 대선제후국의 지위를 더욱 공고히 할 결혼을 하든가, 전 개인적으로 불만입니다."

"저도 그 생각이 옳다고 생각합니다. 하지만 왕가의 결정이니……. 참으로 힘들군요."

제켄도르프 대사는 능글맞게 웃으며 말했다. 기본적으로 무인이 다스리는 나라답게 기존의 틀을 지키고 싶어 하는 그룸브코브는 이 상황을 타개할 계책이 무엇이 있는지 타국의 대사에게 물었다. 제국 황제국의 대사는 이 기회를 놓치면 안 된다고 생각하며 싱긋 웃곤 그에게 말했다.

"한 가지 방법이 있습니다만……."

"그게 뭐요?"

"바로 대선제후의 신경을 조금 건드리는 것이지요. 그가 신뢰하는 사람을 통해서. 물론 약간의 뇌물도 포함해서 말이죠. 후훗."

제켄도르프는 싱긋 웃으며 말을 이어갔다.

"가, 감히 이것들이! 이게 사실이더냐?!"

"예, 저하. 런던 주재 대사 베냐민 라이헨바흐Benjamin Reichenbach 경이 직접 전한 사실입니다. 저하, 결코 이를 좌시하면 안 되옵니다. 우리나라를 업신여긴 것이나 다름없습니다! 결코 용서해선 안 되옵니다."

대략 보름 후, 브리튼의 수도 런던에서 온 소식이 국왕의 집무실을 발칵 뒤집고 있었다. 런던 주재 대사가 전해온 소식이

해괴망측했기 때문이었다. 브리튼의 왕가가 신랑인 프리드리히 왕자가 마음에 안 드는지 악의적인 내용을 퍼트리고 있다는 것이었다.

"뭐, 뭐라고? 내 아들이 나약해빠져? 이것들이……."

군인의 나라의 왕은 엄격히 키운 아들을 비방하는 것에 분노를 감추지 못했고, 상대 공주는 얼마나 잘났냐고 따지며 군인으로서의 당대함과 멋짐을 한창 떠들어댔다. 엄격함이야말로 그의 가치였는데 이를 깎아내리며 조롱하는 소식에 빌헬름 국왕은 분노할 수밖에 없었다. 그러나 전해들은 사실 자체는 변하지 않는지라 국왕 빌헬름은 화를 씩씩 내며 자리에 앉아 시종에게 말했다.

"제길……. 섬 밖에는 나오지도 못하는 겁쟁이 새끼들이 감히……. 여봐라! 내 요구를 저놈들에게 전해야겠다! 받아 적어라!"

"예, 예!"

국왕의 명령이 떨어지자 옆의 시종은 재빨리 서찰에 그의 말을 받아 적기 시작했다. 국왕은 브리튼의 태도에 분노해 똑같이 돌려주자고 생각했다. 그는 결혼 동맹의 대가로 영토를, 하노버의 일부를 줘야 한다고 말했다. 이에 주변 신하들은 무리한 요구라며 그를 말렸으나 이미 그는 고집불통의 상태에 빠져버렸다. 왕비도 말렸으나 무인으로서의 자존심에 상처를 입은 그는 당장 자신의 요구를 브리튼에 전하라고 명했다.

그리고 당연히 결혼 동맹은 아주 간단하게 깨져버렸다. 자존심이란 순간의 작은 마음에 그간의 결실이 손쉽게 날아간 것이었다. 이 소식에 오스트리아와 브란덴부르크의 친오스트리아 세력은 국왕의 심기를 건든 자신들의 판단에 쾌재를 내질렀다. 어이없지만 참으로 간단히 두 남녀의 운명이 쪼개져 버린 것이었다.

이 소식은 얼마 안 가 프리츠의 귀에도 들어가게 되었다. 처음 왕자는 이 사실을 믿지 않았다. 그렇게 간단하고 어이없게, 중요한 이유도 없이 혼담이 깨지다니 말이 안 된다고 생각했기 때문이었다. 하지만 사실이었고 이처럼 간단히 타인에 의해 자신의 삶이 박탈당했다는 생각에 프리츠는 아연해져 한동안 미친 듯이 실실 웃어댔다.

'이렇게 간단히? 어처구니없을 정도로?'

순식간의 사태에 프리츠는 사실을 받아들이지 못했다. 그러나 현실은 피할 수 없었다. 그에게 놓인 선택지는 두 개뿐이었다. 받아들이고 묵묵히 살거나 투쟁하거나. 하지만 프리츠는 이젠 지쳤다. 틀에 박혀 사는 것에 지쳐있었다. 자신이 원하고 추구했던 삶을 위해서라도 더는 그럴 수 없었다. 그래서 왕자는, 아니 프리츠는 선택을 해야만 했다. 그는 곧장 카테와 카이트를 불러 말했다.

"내가 긴히 할 말이 있어 불렀어. 장난하지 말고 제대로 답해줘."

"뭔데, 왕자님? 무슨 일인데 그래?"

"맞아, 맞아."

"곧 있으면 우리 여행 가는 거 알지?"

"그래 알지. 부왕의 명으로 널 따라 제국 남부로 여행 겸 견학을 가기로 했지. 그런데 왜?"

"그 시기에 부왕도 만하임Mannheim으로 가는 걸로 알아. 한동안 다들 본국 외부로 가니 감시가 뜸할 거야. 이때 말고는 기회가 없어. 그러니……."

프리츠는 조금 뜸을 들이며 바로 말하지 못했다. 망설임이라기보다는 그간 넘지 못한 벽을 넘으려고 하니 벅찬 느낌에 그런 것이었다. 진지하지만 난색을 보이는 왕자에 카테는 무슨 말을 할지 대략 짐작할 수 있었다. 그래서 그는 왕자의 어깨를 잡으며 말했다.

"느낌이 오는데…… 설마 내가 생각하는 그건 아니지?"

"아니, 맞아. 이 나라를 뜨겠어."

"뭐라고?! 안 돼, 그런 건!"

옆에서 가만히 듣고 있던 카이트는 왕자의 말에 놀라 외쳤다. 짐작을 못 한 것은 아니었으나 설마 했기 때문이었다. 평생 틀 안에서 살아온 그는 현재의 상황을 붕괴시키고 어떻게 될지 모를 미래로 가는 것이 두려웠다. 아무리 똑똑하다고 해도 절대주의 체제에서 왕가의 지배하에 살아온 그들에겐 벽을 넘기란 어려운 것이었다. 그래서 둘은 반대했다. 탈출하면 다행이겠지만 실패하면 죽음이었고, 성공한다 해도 모국엔 절대 돌아올 수 없으며 타지에서 힘들게 눈치를 보고 살아야 하기 때문이었다. 보장된 미래를 걷어차고 타지로 가는 것은 어리석어 보였다. 그러나 프리츠는 이젠 순응하는 것에 지쳤고 자신이 원하는 곳으로 헤쳐 나아가야만 한다고 생각했다. 그녀를 잃긴 싫었다. 그렇다면 찾으러 가야 한다고 생각했다.

"그렇다 할지라도 난 반대야. 여기 있으면 왕위계승자로서 모든 것을 얻을 수 있어. 그러면 네가 원하는 곳으로 향할 힘도 가질 수 있지. 가만히 때를 기다리면 너에게도 더 좋을 텐데 굳이 위험한 길을 가라고 권할 수는 없어."

"내 생각도 그래. 방패가 생기기도 전에 뛰쳐나가다간 괴물들이 널 잡아먹고 이용할 거야. 난 절대 반대야."

그러나 카테와 카이트는 왕자의 생각을 거부했다. 상식적으로 옳은 말이었다. 프리츠도 완전히 동감하지 않는 것은 아니었다. 하지만 힘의 조종에 그는 지쳐있었다. 힘이라면 이젠 질색이었다. 힘을 떠나 조촐하더라도 행복한 삶을 살고 싶은 욕망이 컸다. 이에 둘은 완전히 왕자의 생각을 억누를 수는 없었다. 얼마나 폭력이 들끓는 삶을 살았는지를 둘은 봐왔기 때문이었다. 기분에 따라 폭행을 일삼는 국왕의 면모에 둘도 분노하고 있었다. 그래서 왕자의 감정을 알기에 고민에 빠질 수밖에 없었다.

"끄응……. 이건 쉽게 결정할 문제는 아니야. 게다가 다신 빌헬미나 공주님을 보지 않을 생각이야? 지금 하는 행동은 지금까지의 삶을 내팽개치는 행동이야."

카테는 지끈거리는 머리를 붙잡으며 말했다. 쉽게 결정할 사안이 아니었다. 게다가 자신은 이해하지만 타인이 보기에는 가족을 버리고 여인에게 간 한량아, 더 나아가 나라를 버리고 의무를 포기한 비겁자로 보일 수 있었다. 그러나 런던에서의 나날은 자신이 보기에도 왕자에게 얼마 없는 행복한 시간이었다. 함부로 남에게 힘든 삶을 권할 수는 없었다.

"음…… 난 네가 솔직히 여기 있기를 바라. 네가 너에게 주어진 상황에, 운명이라고도 할 수 있는 것에 부딪쳐나가 자신의 것으로 만들며 이겨내길 바라거든. 더 멋지고 더 큰 사람이 될 수 있도록. 하지만 그걸 너에게 강요할 수는 없어. 우리가 사람인 이상 남에게 고통을 강요할 수는 없으니까. 그러니 너의 삶에 대해서는 너의 판단을 우선할게."

카테는 그렇게 말하며 프리츠에게서 한 걸음 정도 뒤로 물러났다. 카이트도 고민을 조금 하다가 그 말에 자신도 동의한다고 말했다. 결국 삶의 주체는 자신이기 때문이었다. 게다가 무엇을 택하든 그들은 왕자를 이해할 수 있었다. 그들의 조국은 효율적 행정체제의 국가였고 동시에 우수한 군국정이었지만 동시에 상당히 경직된 나라였기 때문이었다. 국가의 발전에 도움이 될 문물은 잘 받아들였지만 그를 제외하고는 틀에 박힌 삶이 유지되고 있었다. 그 숨 막히는 삶에 공감했기 때문에 왕자에게 크게 뭐라 할 수 없다고 둘은 생각했다.

"그렇다면 난……."

프리츠는 두 사람의 말에 결정을, 자신의 판단을 확실히 내려야겠다고 생각했다. 그러나 조금은 망설여졌다. 현실의 벽과 두 사람의 안전이 걱정되었기 때문이었다. 둘은 엄연히 왕자의 하인에 속한 사람들이었다. 자신의 결정에 둘은 신분상 따를 수밖에 없었다. 그러니 둘은 자신의 삶 때문이라도 이 문제에 대충 답할 수 없어 진심으로 말해주었고, 프리츠는 그 진심을 간단히 넘길 수는 없었다. 자신의 감정이 두 사람의 인생을 망치는 결과가 되지 않을지 순간 고민되었다.

하지만 더는 캄캄한 공간에 있긴 싫었다. 그녀가 열어준 문틈 사이로 보이는 빛에 다가가고 싶었다. 두 사람에게 미안한 감정이 없는 것은 아니나 계속 이런 캄캄한 곳에서 같이 힘들바엔 다 같이 따뜻한 곳으로 향하는 것이 둘에게도 나쁘지 않을 거라고 생각했다. 비록 독선적이고 비겁해 보일지라도 그는 지금의 삶에 충분히 지쳐있었다. 이제 자신이 바라던 삶으로 걸어가겠다고 그는 다짐했다.

"모두 미안. 걱정을 끼쳐서. 하지만 내 결심은 변하지 않아."

"그래? 그렇다면 하는 수 없지. 그저 너의 선택이 좋은 결과가 되게끔 도와주는 수밖에."

"뭐, 그래야지."

프리츠의 말에 두 사람은 그를 안아주며 답했다. 이제 셋은 가족이나 다름없었다. 아주 긴 시간은 아니었지만 그래도 함께 있을 동안은 신분을 따지지 않고 모든 걸 터놓고 이야기하고 어울리며 지내왔다. 그러니 가족의 결심에 최대한 도움을 주는 것도 나쁘지 않다고 둘은 생각했다. 가족이라고 생각하기에 카이트는 조금 더 고민을 했지만 그래도 프리츠의 행복이 우선이라고 그는 생각했다. 당황하긴 했지만 어디로 흐를지 모르는 것이 인생이라고 생각했으니까.

그렇게 셋은 계획을 위해 한동안 여행 가는 날을 애타게 기다리며 여러 탈출 준비를 했다. 잘못하다가는 죽음이니 준비에 만전을 기할 수밖에 없었다. 하지만 불행 중 다행이라 해야 할까. 왕세자에 대한 가여운 마음에서 나오는 온건한 시선 덕택에 부왕의 심복이 아닌 이상 셋을 크게 의심하는 사람은 없었다. 무엇보다 신분이 큰 방패막이가 되기도 했다. 그래서 셋은 적당히 눈을 피하며 도피 자금을 모았다. 그리고 도주 루트에 미리 연락해 탈출할 준비를 해나갔다.

이윽고 시간이 다가왔다. 셋은 계획한 대로 다 늦은 저녁에 숙소를 나와 남몰래 지정된 장소로 향하기 시작했다. 큰 문제는 없었다. 아무리 군주제의 영역이라도 자본과 정보는 언제나 승리하는 법이니 말이다. 셋은 국왕의 시선이 닿는 부분을 조사해 교묘히 피해가면서 접선 지역으로 향했다. 아무리 브란덴부르크-프로이센이 강대하다 해도 제국을 통일한 국가가 아닌 이상 제국 남부의 모든 곳을 지켜볼 수는 없는 노릇이었다. 그 덕에 둘은 미리 연락해둔 사람들과 접촉하는 데까지는 크게 어려움을 겪지 않았다.

"뭐해? 어서 가자."

그런 순탄한 탈출을 하던 중에, 프리츠는 조금 뜸을 들이는 카이트를 바라보며 말했다. 오랜 친구이자 종사인 그가 어딘가 편치 않아 보이자 몸이 안 좋은 것이 아닌지 그는 걱정했다. 자신 때문에 억지로 따라온 것은 아닐까 하고 말이다. 그러나 카이트는 그렇지 않다고 웃으며 말해주었다. 그저 컨디션 문제일 뿐이라며 프리츠의 뒤를 따랐다. 프리츠는 이에 싱겁다는 듯이 웃으며 런던으로 한 걸음 한 걸음 나아갔다. 어이없을 정도로 순탄히 진행되는 계획에 그는 한껏 기분이 달아올랐다. 조금만 더 나아가면 자신이 원하던 삶에 다가갈 수 있다는 생각에 그는 정말로 기분이 좋았다.

생각해보면 우리가 근래 서책을 통해 토의하는 자유에 대한 생각과 여러 삶에 대한 고찰은 어디서 나오는가? 만인의 만인에 대한 투쟁은 자신의 권리, 행복에 대한 권리를 얻기 위함이었다. 기존의 억압에서 벗어난 초인이 되고 싶어 하는 이유는 자신의 삶에 대한 완전한 통제권을 얻어 원하는 바를 이루고자 하는 것이었다.

그러니 자신의 판단은 그간 서책을 읽으며 지식을 추구한 것과도 크게 다르지 않은, 후회하지 않을 길이라고 생각했다. 그 자신감에 그는 더더욱 박차를 가하며 앞길로 나아갔다.

하지만 카이트의 생각은 서서히 그와 반대로 변해갔다. 고귀한 둘의 신분과 달리 평민인 그는 틀을 깨는 행동에 불안감을 가질 수밖에 없었다. 그에게 있어서 권리는 주어지는 것이었고, 의무를 다해야 나라의 보호를 받을 수 있었다. 시대적으로 크게 틀리지 않은 생각이었다. 하루하루가 살기 힘든 평민들에게는 당장의 안정이 계몽주의자들이 말하는 진보보다 더욱 크게 다가오는 현실이었다. 힘든 삶을 경험해보았기 때문에 안정된 삶을 내동댕이치는 왕자의 행동에 그는 염려하지 않을 수 없었다. 과거의 신분 탓에 어쩌면 평민보다도 못한 삶을 지낼 수도 있으니 더더욱 그러했다.

차라리 남아서 의무를 다해 평민들을 굽어 살펴주는 존재가 되길 바랐다. 강요할 수는 없지만 그래도 보장된 삶을 걷어차는 행동은 어리석어 보였다. 자신과 같은 평민들에겐 보장된 것 자체가 없었으니. 프리츠의 행복을 위해서라도 그는 가만히 있으면 안 된다고 여겼다. 그렇기에 마음이 아프지만 생각을 행동으로 옮겼다.

"프리츠, 잠시 볼일 좀……."

"아, 알았어. 천천히 갔다 와."

그는 쉬는 틈을 이용해 목적지로 향했다.

바로 국왕이 거하고 있는 만하임으로.

"무어라? 그게 사실이냐?"

"그렇습니다. 현재 왕세자님은 브리튼으로 향하고 있습니다. 부디 용서를……."

"이…… 빌어먹을 놈들이……. 당장 쫓아라! 그 두 놈을 잡아다 와라! 당장!"

"예, 전하!"

얼마 후, 만하임에 있는 브란덴부르크-프로이센의 왕의 거처에서 한바탕 소란이 벌어졌다. 왕자의 도주 소식이 그의 심복을 통해 전해졌기 때문이었다. 원래대로라면 타국에서 축제와 각종 행사로 즐겁게 일정을 보내야 할 왕국 사절단이지만 이 기절초풍할 소식에 다들 왕의 눈치를 보며 분주히 명에 따라 움직였다. 시녀들은 몸을 사리고 왕이 부숴버린 찻잔과 가구를 조심스레 치웠으며, 관료들은 장교들과 병사들에게 해당 장소로 군사를 파견하라고 급히 명했다. 동시에 관료들은 각국에 서둘러 서찰을 쓰기 시작했다. 국왕 빌헬름은 그 한복판에서 실컷 화를 내며 오늘도 애꿎은 장신연대원만 두들겨 팰 뿐이었다. 그렇게 한참을 패고는 카이트를 향해 말했다.

"이런 제기랄. 내 아들이, 아들이……. 그건 그렇고 네놈, 자주 봤는데……. 분명 아들 옆에 항상 붙어있었어……. 내가 종사로 붙여준 기억이 있는데…… 이름이 뭐라고?"

"페테 카를 크리스토프 폰 카이트라고 합니다……."

"그래, 그랬지. 그런데 네놈은 분명 내 아들과 친분도 있고 닮은 면도 많을 것인데 어찌 내 아들을 배반했느냐?"

국왕은 그렇게 물으면서 주위의 장신연대원들에게 들고 있는 플린트락 머스킷flint-lock musket을 그에게 겨누라고 명했다. 군인 국가에서 불충보다 더 큰 죄는 없었으니 말이다. 그러나 카이트는 전혀 주춤거리지 않고 무릎을 꿇고 땅바닥에 얼굴을 갖다대며 답했다. 그에게도 나름 자신의 신념이 있었으니까.

"우리에게는 규범을 숭상하는 가치가 있습니다. 남들에게는 틀에 박혔다고 비아냥거림을 듣지만 우리에게는 지켜야 할 것들이 있습니다. 근래에 강해졌다고는 하나 이 작디작은 나라가 우리 가족들을 지키기 위해서라면 감정보다 더 큰 가치를 숭상해야 한다고 저는 믿습니다. 허나 왕세자님은 지금 감정 때문에 의무를 저버리고 있습니다. 스스로의 행복도 중요하지만 그를 위해 나라의 안정, 더 나아가 국민들의 안정을 저버린다면 저는……. 그에 굴복할 수 없습니다."

브란덴부르크-프로이센의 가치와 절묘하게 일치하는 그 말에 국왕은 한껏 웃어댔다. 자신의 삶과 크게 다르지 않은 말에 그는 만족하며 카이트를 자리에서 일어나게 해주었다. 그리고 그의 어깨를 쓰다듬으며 죄를 사해주겠다고 말했다. 나라를 떠나야 하긴 하지만. 불충은 불충이고 일단 죄를 저지르긴 했으니 말이다. 그래도 죽이지는 않고 돈을 쥐여주며 앞으로의 여생은 보장해주겠다는 왕의 말에 카이트는 무릎을 다시 꿇으며 영광스러운 은혜라고 답했다.

다만 국왕은 카이트의 마지막 부탁을 들어줄 생각은 없었다. 카이트는 제발 왕자에게 선처를 해달라면서 관리의 배웅을 받으며 자리를 떴지만 국왕 빌헬름은 왕자를 봐줄 생각이 전혀 없었다. 카이트의 말대로 자신들의 가치는 규범을 숭상하는 것, 에우로페의 한복판에 놓여있는 나라를 지키기 위해서는 그 틀을 지켜야 했지만 왕자는 이를 어겼다. 그러니 남은 결론은 오직 하나뿐이었다.

"카이트는 왜 이렇게 안 오지? 설마 붙잡힌 건가?"

"설마……. 이 계획은 아직 아무도 몰라. 게다가 숙소에 없는 것이 드러났다고 해도 소식이 전해지고 대응반이 꾸려지기까지는 며칠이 걸려. 뭔가 사정이 있겠지……."

국왕과 카이트의 이야기가 끝나고 몇 시간 뒤, 프리츠와 카테는 약속 장소에도 오지 않는 카이트를 염려하고 있었다. 셋은 만일 무슨 일이 생길 경우에는 일단 서로 헤어졌다가 시간에 따라 지정된 장소로 모이기로 했었다. 그래서 잠시 어딜 갔다 온다고 한 카이트가 오지 않자 무슨 일이 생겼다고 판단한 둘은 잠시 헤어졌다가 약속된 장소에 모였다. 허나 기다려도 지정된 곳으로 오지 않자 둘은 염려할 수밖에 없었다. 우연히 브란덴부르크-프로이센의 장교에게 발각된 것이 아닐까? 카테와 카이트는 왕자를 모시는 신분이라 어느 정도 얼굴이 팔려있기 때문에 충분히 가능한 이야기였다.

허나 그것이 사실이든 아니든 프리츠와 카테는 한 가지 판단을 내릴 수밖에 없었다. 계획을 속행해야 한다는 판단을 말이다. 일단 실행한 이상 빨리 탈출할 수밖에 없었다. 카이트가 잡혔든 안 잡혔든 시간은 촉박했다. 그저 카이트의 행운을 빌어주며 둘은 탈출 루트로 향했다.

그러나 접선 장소에 도달했을 때 이미 이야기가 된 하노버의 사람들은 보이질 않았다. 어차피 접선 루트는 여러 곳으로 설정되었고 비상시의 루트가 있었기 때문에 둘은 혼란스러워하지 않고 바로 대응책에 따른 루트로 향했다. 하지만 시간이 흐를수록 불안한 느낌은 지울 수 없었다. 프리츠의 머릿속은 자꾸만 안 좋은 생각으로 가득차기 시작했다. 믿기 싫은 것들이 그의 머릿속을 차지해갔다. 그 불안감을 떨치기 위해 프리츠는 카테를 바라보며 약간 떨리는 입술로 물었다.

"이봐 카테……. 아니 카테 형……."

"왜? 프리츠. 평소답지 않게."

"카테 형은 왜 날 돕는 거야? 엄연히 군인이잖아……?"

프리츠는 그의 본분이자 출신을 생각하며 말을 꺼냈다. 첫 만남도 그렇고 그는 군인다운 사람이었으며 그 틀에 크게 벗어나지 않는 사고관의 소유자였다. 카이트도 그러해서 프리츠는 불안해할 수밖에 없었다. 허나 카테는 프리츠의 머리를 쓰다듬어주며 싱긋 웃곤 답했다.

"싱겁긴. 처음부터 말했잖아. 지켜야 할 게 있다면, 지키고 싶은 것이 있다면 난 그런 거에 연연하지 않겠다고. 네가 왕자이기 전에 동생이니까 네 마음을 지켜주고 싶은 것뿐이야."

카테는 카이트와 닮았다. 그래서 둘은 친해지는 데 크나큰 어려움을 겪지 않았다. 하지만 미세한 차이가 있다면 카테는 사람들의 삶에 더 집중하는 사내였다. 그에게 군은 사람을 지키기 위해 존재했고, 그러니 지켜지는 존재의 행복도 중요했다. 지켜지는 존재의 삶을 짓밟는다면 지키는 가치가 사라진다고 그는 생각했다. 프리츠가 생각하기엔 그 생각은 자유로운 사상과 크게 다르지 않았다. 허나 카테는 분명 사상가는 아니었기 때문에 결국 프리츠가 도달할 수 있는 결론은 하나였다.

누구나 본연의 마음에 다가가는 것이 좋다고 직감하고 있음을.

따뜻한 것과 차가운 것이 몸에 가져다주는 효과는 엄연히 다르니.

그래서 프리츠는 안심하고 카테를 믿을 수 있었다.

전이라면 남을 믿기 힘들었을 것이었다. 학대 경험 탓에 그는 자연스럽게 경계하는 태도를 가지고 자라났다. 동시에 인간의 마음에 대해, 도덕에 대해 불신감을 느낄 수밖에 없었다. 신교도로 자랐지만 남에게 살갑게 다가가는 것은 힘든 선택이었다. 그는 기존에 아는 사람이라면 괜찮지만 모르는 인물에게는 차가웠고, 아는 사람마저 의심이 들면 지금처럼 바로 불안해했다. 이번에도 선이 쓸모없게 패배하리라고 보았다. 그러나 카테는 달랐다. 그에게 희망의 빛을 보여주었다. 그러니 이제 그도 조금씩 달라졌다. 그녀를 만난 후 따뜻한 삶을 사는 것이 좋다고 생각하게 되었다.

그러니 이제 자신의 사람들과 함께 걸어 나가리라.

그렇게 생각하며 그는 카테와 같이 다른 루트로 걸어갔다. 함께 웃으면서, 좋은 결말을 바라면서.

"이, 이럴 수가……."

"여기까지입니다. 왕세자 저하. 이미 저하의 계획은 다 드러났습니다. 지금이라도 저희와 함께 모국으로 편히 돌아가시지요."

또 다른 도주 루트로 향한 둘이었지만 결과는 좋지 못했다. 둘을 기다리고 있는 사람들은 하노버 측의 사람이 아니라 브란덴부르크-프로이센의 장교들과 병사들이었다. 그들은 카이트에게 얻은 정보를 통해 프리츠와 접촉하기로 했던 하노버 측 사람들을 쳐내고 왕세자 일행을 기다리고 있었던 것이었다. 이미 하노버 공국 측과도 이야기가 마무리된 상태라 둘에게 빠져나갈 구멍은 없었다. 이미 사방이, 모든 육로가 봉쇄된 상황 이었다. 장교단들은 이러한 상황을 말해주면서 왕세자가 순순히 잡혀주길 바랐다.

허나 그렇다고 할지라도 프리츠는 포기할 수 없었다. 그녀의 웃음을 보고 싶었으니까. 그녀의 웃음을 지켜주고 싶었으니까. 그렇기 때문에 달리고 또 달렸다. 지키고 싶은 것을 지키기 위해. 그녀도, 그녀의 소중한 생각과 미소도.

"여긴 내가 어떻게든 막아볼 테니 달려!"

프리츠가 마음을 다잡고 있을 때 카테가 허리에 차고 있던 피스톨을 치켜들며 외쳤다. 이에 프리츠는 고개를 흔들었으나 카테는 벼린 칼과 같은 심각한 표정으로 답을 대신했다. 카테에게는 빌헬미나와의 약속이 있었다. 자신이 군인으로 존재하는 이유도 잘 알고 있었다. 그렇기 때문에 공동체를 위해 들었던 소형화기를 이번엔 그 구성원 중 하나인 그를 위해 치켜들었다. 프리츠는 카테의 표정에 순간 망연자실했지만 선택의 기로임을 깨닫고는 카테의 뒤로 달렸다. 이에 카테는 재빨리 엄폐할 곳을 찾아 숨으며 자국의 병사들에게 발포했다. 순간 천둥과 같은 우레가 사방을 집어삼켰으며 당연히 장교단과 병사들도 이에 대응하기 시작했다. 자욱한 하얀 연기가 사방을 감쌌으며 프리츠는 그 틈을 타 뛰고 또 뛰었다. 설사 사방에 사람이 깔려있을지라도 그는 포기할 생각이 없었다. 비록 카테에 대한 안타까운 감정이 그를 괴롭혔지만 그에게 이제 남은 것은 그저 빛을 따라가고 또 따라가는 것뿐이었다.

폭력이 아닌 도덕이 있는 그곳으로.

밝은 빛을 따라서.

사람이라면 누구나 좋을 따뜻한 그곳으로.

"하, 우리 왕자님. 잘 도망치네. 하지만 여기까지야."

하지만 잠복해있던 장교의 개머리판에 머리를 정통으로 맞으면서 이는 허무하게 끝났다.

원래 세상이란, 역사란 그런 것이니.

"이를 어찌합니까? 그래도 우리 왕국의 적통이신데……. 어떻게든 살려야 하지 않습니까? 게다가 그분을 전 오랫동안 보아왔어요. 재능이 아깝습니다."

"그럼요. 국왕 전하께서 그 난리긴 하지만……. 어떻게든 탄원해봅시다."

둘은 아주 간단하게 잡혔다. 생각해보면 당연한 일이었다. 고작 두 남성이 수많은 장정을 상대로 버틸 리가 없었으니 말이다. 무엇보다 개인이 국가를 이기는 것은 거의 불가능에 가까운 일이었다. 둘은 잡히고 카이트는 외국으로 피신하면서 일은 마무리되었다. 둘은 병사들에게 붙잡힌 채 왕가의 발상지 근처에 있는 퀴스트린Küstrin의 감옥에 투옥되었다. 그리고 곧바로 사회적 지위를 박탈당한 채 군법재판으로 회부되었다. 둘의 신분은 엄연히 군 장교였으니 말이다. 그러나 무조건 사형을 외치는 국왕 빌헬름과는 다르게 재판관들의 여론은 동정론으로 쏠렸다. 왕자가 이루려던 목적과 그 과정을 따지니 소박해 보였고 무엇보다 프리츠는 차기 국왕이었다. 후계자를 갈아치우는 것은 군주제에 있어서는 크나큰 불안 요소였다. 무엇보다 왕자의 재능을 생각해서 여론은 동정으로 흘러갔고 카테는 성채에 감금 2년을, 프리츠는 용서를 해주는 대신 계승권자로의 길을 확실히 밟게 하는 것으로 하자고 마무리 지었다. 하지만 국왕의 마음은 그러하질 않았다.

"처형이다, 처형! 두 놈은 무조건 처형이다! 차기 왕위는 동생인 아우구스트 빌헬름Augustus William이 계승하면 된다! 명령에 불복하는 놈은 국가의 안정에 해가 될 뿐이다! 무조건 처형하라!"

국왕 빌헬름은 프리츠의 10년 아래 동생이자 형과 달리 비교적 자신을 잘 따르는 아우구스트 빌헬름에게 왕위를 물려줄 것을 천명하며 둘을 죽이라는 말을 반복하고 또 반복했다. 카테는 물론이고 왕자인 프리츠도 죽음을 당해야 마땅하다고 그는 떠들어댔고 주위의 만류에도 이는 변함이 없었다. 이리 되자 재판부는 견해를 바꿀 수밖에 없었다. 일단 국왕을 만족시키려면 적어도 카테는 처형되어야 했다.

그해 11월 6일. 일단 카테의 처형이 결정되었다. 처형장에는 많은 관중들이 모였으며 그중에는 프리츠도 있었다. 싫어도 국왕의 명 때문에 강제로 참관해야 했다. 하지만 그래도 그는 이 진실을 마주하고 싶지 않았다. 자신 때문에 벌어지는 이 참극을 두 눈으로 보고 싶지 않았다. 이런저런 생각은 많았지만 결국 아무것도 이루지 못했다는 생각에 그는 차마 고개를 들 수가 없었다. 그래서 그는 차마 카테를 쳐다보지 못했다. 하지만 서서히 시침이 움직여 목이 잘려나갈 시간이 다가오자 그는 고개를 들 수밖에 없었다. 이성은 보지 말자고 했지만 감정은 그를 다신 볼 수 없으니 조금이라도 더 보자며 고개를 들어올리게 했다. 고개를 들자 태연한 표정의 카테가 보였다. 불안에 싸여 계속 고개를 떨어뜨리고 있던 자신과 달리 그는 태연했고 마치 당연한 듯이 자신의 종착점을 기다리고 있었다. 그에겐 그다지 후회란 없었다. 자신이 지키고 싶었던 사람을 위해서였으니까. 그래서 그는 프리츠를 보며 싱긋 웃어주었다.

그리고 단칼에 목이 잘렸다.

댕강. 간단히 목이 잘리고 바닥에 머리가 처량하게 굴러 떨어졌다.

순식간에 한 사람의 인생이 끝났다. 아무렇지도 않게.

뭐 어쩌겠는가. 기존의 틀을 못 넘으면 원래 모든 것이 허무한 법이다. 그렇게 간단하고도 순식간에 프리츠의 벗은 사라졌다.

그리고 이내 프리츠는 졸도했다.

카테는 죽었다. 매우 손쉽게. 하지만 프리츠의 경우는 달랐다. 일단 신분이 신분인지라 끊임없는 탄원이 들어왔다. 그래서 왕의 압력에도 불구하고 쉽게 판결을 내리지 못했다. 소피아 도로테아 왕비와 빌헬미나 공주부터 시작해서 각계각층의 인사들이 왕자를 살려달라고 아우성쳤다. 군부의 인사들도 여럿 반대하고 나설 지경이었다. 물론 국왕 빌헬름은 듣는 척도 안 했지만. 하지만 모두가 왕세자의 목숨을 어떻게 구하기도 전에 이미 왕세자는 스스로를 결단내고 있었다. 그는 자신의 정신을 파먹고 또 파먹고 있었다. 그는 자신만의 신기루에 갇혀 허우적거리기를 계속했다. 과거와 환각에 빠져 그는 스스로를 죽여가고 있었다.

'카테……. 아, 카테……!'

온갖 자괴감이 그의 마음을 갉아먹었으며 이를 본 교도소의 목사는 안타까울 뿐이었다. 목사는 그를 어떻게든 케어해주고 싶었지만 이미 그가 어찌해 볼 수준이 아니었다. 그저 스스로를 잡아먹는 왕자를 지켜보아야만 했을 뿐. 자신이 할 수 있는 거라곤 더 악화되기 전에 왕자를 여기서 풀어주는 것이었다. 그래서 왕에게 탄원했지만 여전히 국왕은 요지부동이었다.

'이렇게 한 인생이 끝나는 건가…….'

교도소의 장교와 목사는 프리츠를 보며 그렇게 생각했다. 나름 왕국의 희망이었는데 이리 허망한 결말을 맞이하니 다들 착잡하기 그지없었다. 이것은 사상가들도 다르지 않아 달랑베르와 같은 사상가들은 몰래 왕자를 돕고자 했다. 그들은 프리츠가 왕이 되기를 손꼽아 기다리고 있었으니 말이다. 프리츠가 왕이 되면 분명 개방적인 학술의 시대가 오리라고 그들은 믿고 있었다. 하지만 어떤 계층의 어떤 시도도 헛수고였고 죽을 시간만 다가올 뿐이었다.

"그럼 마지막으로 제가 가보죠."

"자네가 뭘 어쩌겠다고? 이미 왕자님은 죽었어."

"그래도 한번 건드려보긴 해야죠. 게다가 다른 사람은 실패했어도 전 아직은 아니니까요."

다들 포기할 것만 같았지만 그래도 시도는 계속되어야 한다는 생각은 유지되고 있었다. 이때 한 학자가 마지막으로 왕자에게 가보기로 했다. 교도소에 갔을 때 현실도 정신도 시궁창 속에서 살고 있는 왕자는 역시나 고개를 숙인 채 죽음만을 기다리고 있었다. 학자는 창틀 앞에 앉아 왕자와 시선을 맞추며 말을 꺼냈다.

"왕자님. 왕자님, 주무십니까?"

"……."

"눈동자가 움직이는 걸 보니 아직 돌아가시진 않았군요! 참으로 다행입니다! 제 소개를 하죠. 전 하인리히 아우구스트 드 라 모트 하인리히 아우구스트 드 라 모트 푸케Heinrich August de la Motte Fouqué라고 합니다. 아국의 학술협회에서 나온 프랑스어문학자입니다. 저하와 같이 제국 왼편의 언어를 좋아하죠. 동시에 저하처럼 군장교이기도 하구요. 여하튼 제 프랑스 말솜씨가 나름 고풍스럽다고 평가받는데 들어보시겠습니까?"

푸케는 싱긋 웃으며 축 처져있는 왕자에게 말했다. 하지만 정신이 죽은 자가 답을 제대로 할 리가 없었다. 웅얼거리는 소리만 들릴 뿐 그 이상의 답은 없었다. 이에 푸케는 코웃음을 치면서 자리에서 일어나 말했다.

"내가 사람을 잘못 보고 헛수고를 하려 했구먼. 애새끼 하나 뒈지고 여자 하나 못 본다고 저 모양이라니. 저런 게 왕이 됐으면 이 나라가 더 망할 뻔했어."

그날 이후로 누구나 왕자를 안타깝게 여기며 위로의 말을 보내고 있었다. 그에 비해 상당히 자극적인 언사의 말에 프리츠는 눈을 번쩍 뜨며 거친 반항의 소리를 내뱉었다. 마치 알에서 깨어난 새가 미친 듯이 울어대는 듯했다. 그 오랜만의 살아 있는 소리에 푸케는 싱긋 웃으며 프리츠에게 다가가 말했다.

"얼씨구. 이런 좋은 말도 하실 수 있는 분이 그간 왜 입을 다물고 살았답니까?"

"……닥…… 쳐……. 그 주둥아리…… 찢기기 싫으면……."

"어이쿠! 왕족이라는 분이 주둥이에 걸레를 처물었나? 작작 말 가려 하십시오."

"……그딴 말이나 할 거면…… 꺼지지 그래……?"

"그래, 알겠습니다. 꺼져주지요. 대신 그 전에 온 김에 할 말은 하고 가야겠습니다. 부탁받은 게 있으니까요."

푸케는 그러면서 다시금 프리츠와 눈높이를 같게 하기 위해 창틀 앞에 앉았다. 그러나 프리츠는 기대도 안 했다. 어차피 할 말은 뻔하다고 생각했으니 말이다. 지금까지 항상 같았으니까. 하지만 예상 외로 그가 한 말은 조금 달랐다. 살아달라는 타인의 말을 전했지만 자신의 생각을 약간 첨부한 탓에 마지막 말은 조금 달랐다.

"그런데 난 조금 생각이 달라. 말했다시피 당신은 비겁한 X신 새끼야. 불쌍한 사람이 아니라. 피하는 게 능사인줄 아는 X신에 불과해. 난 그 말을 하고 싶었어."

푸케는 전언을 부탁한 사람들의 뜻과 달리 실컷 프리츠를 조롱하였다. 이러한 행동을 프리츠는 이해할 수 없었다. 비록 부왕과 사이는 좋지 않았지만 다른 사람들은, 특히 푸케와 같은 지식인 계층은 프리츠를 항상 좋게 봐준 덕에 사이가 좋았다. 그 이유는 단순히 왕자가 사상가들의 생각에 동조해서 그런 것이 아니었다. 실망하게 될지도 모르는데도 달랑베르 같은 학자들이 아직까지 진심으로 프리츠가 왕이 되길 기다리는 것은 그가 진심으로 좋은 지배자감으로 보였기 때문이었다. 그리고 그렇게 보이게 된 원인은 바로 왕세자의 특수한 상황에서 나오는 간절함이었다. 프리츠는 진심으로 좋은 세상에서 살길 바랐기에 사상가들은 자신들의 생각을 적극적으로 이용하도록 몰래몰래 지식을 전수해주었다.

자연적인 진보 사상과 완연한 자유에 대해 말해주었던 것도 다 그런 이유였고 프리츠는 배울 때마다 자신이 왕이 되면 출판과 언론의 자유를 최대한 보장하겠다고 답할 정도였다. 고문과 같은 악법과 종교 탄압은 프리츠에게는 이상하게 들렸고 그런 면모에 사상가들은 프리츠를 마음에 들어 했다.

사상가들의 영향에 프리츠는 항상 급진적이진 않아도 자유로움에 공감했으며 그런 프리츠의 마음에 그들도 공감했다. 그들은 프리츠가 도덕적 가치를 왜 중요시하는지 이해해주었다. 도덕이 살아있어야 자신이 폭력적인 세상에서 탈출할 수 있고 남들도 폭력을 쓰지 않을 테니까. 이는 경험을 바탕으로

한 그의 진심이었다. 프리츠는 분명 좋은 세상만을 위해 뛰고 생각해왔었다.

하지만 푸케는 그런 그를 정면에서 부정했다. 그저 아무것도 아닌 팔푼이라고 조롱하고 비난했다. 프리츠는 이를 전혀 인정할 수 없었기에 아니라고 자신을 변호하며 소리쳤다. 마치 카테가 죽은 것은 자신의 탓이 아니라는 것처럼, 어쩌면 어린아이가 떼쓰는 것처럼 외치고 또 외치며 푸케의 말을 부정했다.

하지만 푸케는 싸늘한 표정을 지으며 프리츠를 향해 말했다.

"그러면 여기 남아있으셔야죠. 브리튼을 고르는 게 아니라 브란덴부르크-프로이센을 고르셨어야죠. 다들 압니다. 그 불쌍한 삶 때문에 당신은 진짜로 좋은 게 무엇인지 체감한다는 걸. 그럼 뭐합니까? 그저 이 상황을 해결하지 못하니까 믿어준 사람들을 죄다 버리고 도망치신 게 아닙니까?"

"아, 아냐! 나는……."

"왕자님은 그저 그…… 아멜리아 공주인가 뭔가 하는 분이 마치 파라다이스처럼 보여서 떠난 거겠죠. 뭐 그럴 수도 있습니다. 하지만 그럼 지금도 계속 왕자님을 구하려고 힘쓰는 빌헬미나 공주님은 뭐가 됩니까? 왜 누이를 버리고 외국으로 튈 생각을 했죠? 빌헬미나 공주님도 당신처럼 군에 미친 부왕 때문에 힘든데? 어머니인 도로테아 왕비님은? 왕자님을 믿는 학자들은 또 어떻고? 뭐 이해는 가요. 그런데 그렇다고 해결이 됩니까? 오히려 모두의 마음이, 당신이 가지고 있던 생각과 누이께서 가지고 있는 그 선함이 그저 땅속에 '처박힐' 뿐이죠. 아무 의미 없이. 그간 왕자님과 주변인들이 생각하고 파고들었던 것들이 시간의 흐름에 사라지고 자연스럽게 부정당할 뿐이고요."

"………."

"타인의 기대에 부응하라는 것이 아닙니다. 그저 좋은 사람들의 마음이 땅속에 파묻히는 것이 보기 싫을 뿐입니다. 그런 사람들을 멍청하게 여기는 시선이 자연스럽게 이어지는 게 싫을 뿐이죠. 왕자님은 그저 쉽게 이 땅을 떠날 수 있겠죠. 그러나 사랑하는 사람들이…… 빌헬미나 누이께서 평생을 남들에게 그 착하디착한 마음을 짓밟히고 무시당하면서 살길 바라십니까? 그런 세상이 당연시되기를 바라십니까?"

"………."

"왕자님이 전에 쓰신 것들을 본 적이 있습니다. 완성된 건 아니었지만……. 키워드가 세 개였죠? 자유, 정의, 책임감. 공감합니다. 그래야 착한 바보들이 더 떳떳하게 바보짓을 할 테니. 그리고 그 행동들이 더 멋진 세상을 부를 테니 말이죠. 좋은 사람이 좋은 사람을 낳고, 그 사람이 또 좋은 사람을 낳고……. 누이께서도 바란 꿈. 누이께서 당신을 바라보며 꾸던 그 꿈. 피하면 그냥 허무하게 사라지는 거죠. 그리고 X같은 세상이 쭈– 욱– 이어지는 거고."

"………"

"게다가 왕자님이 어딜 가든 사회에 살아가는 인간인 이상 속박에선 벗어날 수 없어요. 그렇다면 깨고 나가서 자신의 것으로 만들어야죠. 우리가 원하는 세상이 거저 오는 게 아니니까……. 뭐 여하튼 잘 생각하시길 바랍니다. 어떤 결과를 선택하든 응원할 테니……. 그럼 이만……."

그렇게 착잡하게 말하곤 푸케는 자리를 떠났다. 프리츠는 그저 시야에서 서서히 사라져 가는 푸케를 바라볼 뿐 아무런 대답을 하지 못했다. 푸케의 말이 완벽하게 옳다는 것은 아니지만 크게 틀린 말도 아니었으니까. 프리츠는 그저 더 나은 세상으로 향할 생각만 했다. 하지만 실패했고 자신을 좋아해준 사람들의 가치는 그저 손쉽게 부서졌다.

카테는 어이없을 정도로 쉽게 죽었고 카이트는 떠나갔으며 아멜리아 공주는 아마 다른 이와 결혼하며 원하지 않는 인생을 살아갈 것이다. 빌헬미나 누이도…….

그 착한 사람들이, 그 좋은 마음가짐이, 자신과 그들의 가치가 간단히 사라져 갔다.

그렇기에 프리츠는 한동안 정신의 붕괴에 빠져 이를 부정했다. 소중한 사람들이 아무렇지도 않게 사라지는 것을 원하지 않았으니까. 그들의 생각이 아무렇지 않게 여겨지는 것이 싫었으니까. 아름다운 모든 것들이 현실에 쉽게 붕괴되어 서서히 사라지는 것에 그는 이제 더는 버틸 수 없었다.

'그래. 더는 참을 수가 없어.'

무언가 끊어지는 감정이 들어 그는 자리에서 일어났다.

"왕자님이 진심으로 용서를 빌고 있습니다. 이제 슬슬 봐주시지요……."

"그러지. 어차피 난 진심으로 죽일 생각도 없었네. 이만하면 프리츠도 자기 주제를 알았겠지. 그리하게. 대신, 훈련 똑바로 받게 하고."

얼마 후, 프리츠의 죄는 사면되었다. 비록 조건부이긴 하지만 재능 있는 적통을 죽이는 것은 나라와 공동체에 좋지 않은 결과였기 때문에 사회봉사를 하며 공부에만 집중하는 조건으로 일이 마무리되었다. 프리츠는 퀴스트린에서 베를린으로 돌아오지 못하고 한동안 그곳에서 신부의 신분으로 열심히 살아가는 대신 목숨을 부지하게 되었다. 봉사와 제왕학의 반복 속에서 그는 베를린으로 돌아오라는 명을 기다리며 하루하루를 보내게 되었다. 딱히 지루하거나 고통스러운 나날은 아니었다. 푸케의 도움으로 여러 인사들을 만나며 서서히 차기 정부에 대해 생각하고 있어서 도리어 부왕의 명은 자신에겐 좋게 다가왔다.

다음 세상을 어떻게 구성할지, 다음 세상을 어떻게 개발할지 등을 생각하며 프리츠는 참고 또 남았다. 퀴스트린에 박혀 있는지라 아멜리아는 고사하고 누이도 못 보는 형국이었다. 하지만 프리츠는 다시는 실수를 저지르지 말라는 가르침의 대가라고 생각하곤 울분을 삼키고 또 삼켰다.

"너무 X같다고 생각하지 마십시오. 어차피 언젠간 풀려나실 거 아닙니까? 그럴 시간에 차라리 전에 같이한 농업 이야기나 하죠. 배수 시스템을 통한 농지 개간과 그…… 감자라는 것에 대해서도 말이죠."

자신의 가장 친한 사람이자 옆에 있는 사람들 중 제일 믿을 만한 인물이라고 생각되던 카테와 카이트가 떠나자 프리츠는 착잡했고 우울한 감정만을 느낄 수밖에 없었다. 푸케는 이러한 사실을 대강 눈치 채곤 부족한 면을 채워주려고 노력했으나 프리츠는 이젠 그 빈 공간을 굳이 채우려고 하지 않았다. 딱히 채우고 싶지 않았다. 현실을 마주하는 데 부담감이 있는 것은 아니나 현실에게 그 공간을 열어주고 싶지 않았다. 여전히 지식인들을 만나고 사교하는 것은 기뻤으나 그들이 현실과 함께 안으로 들어오는 것은 싫었다. 그래서 그는 웃으면서 방문을 열지 않았고 지식을 탐구하는 것에만 힘을 쓰는 나날을 보냈다.

그리고 그 나날의 끝은 그렇게 멀지 않았다. 둘이 터놓고 화해할 사이는 아니었지만 애초에 부왕 빌헬름은 그를 진심으로 미워하는 나쁜 아버지는 아니었다. 국왕 빌헬름은 퀴스트린으로 와 아들에게 손을 건네며 말했다.

"공부 열심히 잘하고 있느냐?"

"예, 아바마마."

"그래, 그래야지. 조만간 오이겐 공과 레오폴트 경 밑에서 실습할 것이다. 그때까지 만전의 준비를 해라. 그 전에는 퀴스트린을 나갈 수는 없다. 단 조만간 네 누이의 결혼식이 있으니 그때만 나가도록 해라."

부왕은 그렇게 말하곤 자리를 떴다. 애당초 웃음이 넘치는 화기애애한 대화는 그의 스타일이 아니었으니 말이다. 그저 힘의 중요성을 강조하며 공부나 잘하라는 말뿐이었다. 이에 프리츠를 고개를 숙이며 따르기를 천명했다. 과거라면 빈말이지만 이젠 빈말이 아니었다. 프리츠도 이제 부왕의 생각에 동감하게 되었으니까. 그러나 그 원인은 분명 달랐다. 지키기 위한 방패를 들고자 힘을 긍정하는 것은 같았으나 그 시작점이 둘은 달랐다. 프리츠는 눈앞에서 카테의 목이 날아간 이후로 계속 생각하고 또 생각했다.

진정한 가치란 무엇인지, 그리고 그것이 사라지지 않고 널리 퍼지기 위해서는 무엇이 필요한지를. 그래서 그는 이제 그 수단이 지식이든 문화든 군이든, 무엇이든지 아낌없이 받아들이자고 마음먹었다. 비록 이것이 틀린 선택일지라도 자신의 길을 걷고자 마음먹었다.

카테와 아멜리아의 길이 사라지지 않도록 유지할 기술과 힘을 익히기 위해서.

어릴 적 폭력 속에서 아무도 자신을 구원해주지 못했다. 그렇다면 폭력에 부딪쳐나가 그 현실을, 그 벽을 자신과 합치시켜 나아갈 것이라 그는 다짐했다. 둘을 위해서라도.

'카테, 아멜리아. 너희들을 위해 빗속으로 뛰어들게.'

그는 그리 다짐하며 하늘을 보았다. 홀로 외로이.

III. König

『군주는 나라에서 첫째가는 심부름꾼이다.
Ich bin der erste Diener meines Staates』
– 프리드리히 2세Friedrich II

다음 해 11월 20일, 프리츠는 부왕의 허락하에 누이 빌헬미나의 결혼식에 참가하기 위해서 잠시 동안만 퀴스트린을 떠나게 되었다. 프리츠는 옥에 갇힌 뒤 결혼에 관한 이야기가 진행되지 않은 반면에 공주의 결혼에 대해서는 그동안 계속 진척이 있었고 오늘 그 결과물을 모두에게 보일 예정이었다. 공주 빌헬미나는 브란덴부르크-프로이센의 제국 내부 강화 정책에 의해 제국 후작 바이로이트 경 프리드리히Margrave Frederick of Bayreuth와 결혼하기로 결정되었다. 바이로이트의 영지에 수많은 인사들이 모이기 시작했으며 두 사람은 자신들의 결혼식장에 오는 사람들을 일일이 웃음으로 맞이해주었다. 그리고 이윽고 두 남녀가 오랜만에 서로를 마주하게 되었다.

"누님……."

"프리츠! 오랜만이구나. 몸은 괜찮지? 어디 아픈 데는 없고?"

프리츠가 식장에 입장하자 빌헬미나는 간단한 인사를 나누곤 그의 동생을 꼭 껴안아주었다. 그러면서 둘은 서로의 근황을 물으며 이야기를 나누었다. 프리츠는 누이에게 현재 국유지 관리사무소에 들어가 말단 관리로 일하면서 경험을 쌓고 있다고 했고 누이는 좋은 경험이 되길 빌어주었다. 불행한 일들은 지나가고 동생의 길에 좋은 일만 있을 것이라고 누이는 싱긋 웃으며 말해주었다. 하지만 계속 들어오는 각지의 인사들, 특히 귀족과 부르주아지들 때문에 이야기를 이어가는 것은 무리였다. 두 남매는 그저 서로의 길이 좋아지길 빌며 각자의 자리로 이동했다.

이윽고 로코코 양식의 대성당에서 두 제국 제후 간의 공식 결혼식이 시작되었다. 바이로이트의 지배자와 브란덴부르크의 지배자 간의 합의가 결실을 이루는 순간이었다. 식장에 모인 모든 이들은 둘을 축복했으며 교회의 신부는 둘의 결혼을 공식적으로 선포했다. 가식이든 진심이든 여기 모인 모두가 둘의 결혼에 박수를 치며 영광을 외쳤다.

다만 프리츠는 그리하지 않았다. 그는 바이로이트 경 특유의 혀 짧은 목소리에 짜증을 내면서 양손을 올리지 않았다. 박수 따위 치지 않았다. 제국어 하나 제대로 하지 못하는 사람에게 누이가 팔려가는 것에 그는 탐탁지 않았다. 누이는 자신의 앞에서 그가 좋은 사람이라고 말했지만 누이 스스로가 고른 사람은 아니었다. 그 포악한 부왕 앞에서 자신을 지켜주던 멋진 여인이 초라하게 장식물로 변해가는 것이 그는 싫었다.

그 멋진 마음을 그대로 갖고 있기를 바라지만 이제 그 마음은 만들어진 도구에 갇혀 아무것도 아니게 된다고 생각하니 프리츠는 짜증이 났다.

하지만 자신에겐 아무런 힘도 없었다. 자기가 원하는 대로 꾸밀 능력이 전혀 존재하지 않았다. 그저 바라볼 수밖에 없다는 현실에 그는 다시금 자신에게 분노를 느꼈다. 하지만 이젠 과거와는 달라졌다. 다시는 잃어버리지 않으리라는 생각과 함께 그는 누이의 결혼식을 박수 없이 묵묵히 지켜보았다.

시간은 누구에게나 평등한 법이었다. 세월은 흐르고 흘러 32년 3월 26일, 이윽고 프리츠에게 새로운 기회가 주어졌다.

바로 사면이었다. 드디어 퀴스트린에서 벗어나 왕세자의 신분으로 베를린으로 돌아오라는 명이 떨어진 것이었다. 이에 프리츠는 플루트를 뒤로 숨기며 왕궁으로 돌아갔다. 그는 베를린에 도착하자마자 웃으며 부왕과 왕비를 만나 뵈었다. 프리츠는 부모님에게 인사를 건네며 지금껏 두 분이 한 말들이 이젠 너무나도 달콤하게 들린다고 태연스럽게 말했다. 이에 부왕 빌헬름은 호탕하게 웃으며 아들의 어깨를 쓰다듬어주었고 드디어 아들이 철이 들었다고 동네방네 떠들어댔다.

"하하! 역시 내 아들이다! 그래, 요새 배우는 것들은 어떻더냐?"

"아주 흥미롭고 즐겁습니다. 행정학에 대한 흥미와 고찰은 절 끌어올리기 충분했습니다. 아바마마가 전에 하신 말씀과 가히 다른 바가 없지요. 중앙권력의 집중화를 위한 관리 파견에 대한 고려, 현재 군수체제, 지방제도에 대한 집단성 강화 문제는 역시 저와 아버지가 생각이 같다는 것을 깨닫게 해주었습니다. 배운 것들에 대해 계속 논의를 해보아야겠지만 저는 이러한 문제들을 더욱 적극적이고 공동체적으로, 브란덴부르크-프로이센만의 스타일로 바꾸어나갈 수 있다고 생각하고 있습니다!"

"하하, 그래! 옳다, 옳아! 그러니 내가 전쟁재정총국을 만든 것이 아니겠느냐?! 암, 암! 내 아들답다. 내 아들다워! 으하하하!"

아들의 행정학에 대한 생각, 엄밀히 말하자면 나라를 위한 고찰은 부왕 빌헬름의 마음을 들뜨게 하기 충분했다. 그는 연신 고개를 끄덕이며 아들의 말에 동감했으며 진정으로 흐뭇한 미소를 프리츠에게 선사해주었다. 그러면서 그는 프리츠에게 조만간 중앙정부관청에서 일정 기간 같이 근무를 해보자고 했다. 일선에서 한번 자신에게 배워보면 좋을 것이라는 말과 함께. 이에 프리츠는 웃으며 그리하겠다고 무릎을 꿇으며 답했다. 이 말에 부왕은 웃으며 아들 하나 잘 키웠다고 외쳤으며 소피아 도로테아 왕비도 순순히 숙명을 따르는 아들에 안도하며 프리츠를 껴안아주었다. 힘든 길일 텐데도 불구하고 웃으며 나아가는 자신의 아들을 보니 정말 대견해하지 않을 수 없었다.

프리츠는 싱긋 웃으며 당연한 일이라고 말하며 물러났다. 허나 이는 완전히 가면을 쓴 모습은 아니었다. 그에게 있어서 이젠 고통이란 자신의 몸과 하나였다. 고통이 자신이고 자신이 고통이 되어 앞으로 닥쳐올 것과 마주하며 온몸으로 그것들을 받아들이고 마지막엔 자신의 것으로 만들어버리겠다는 각오가 서있기 때문이었다. 이제 그는 확고히 자신의 길을 걷고 있었다. 자신이 원하는 세상을 만들기 위한 힘을 가질 수 있는 그 길로. 따뜻한 세상을 만들 수 있는 힘을 가지기 위해서 그는 뛰고 또 뛰자고 마음먹었다. 카테와 아멜리아를 위해서.

모든 것을 받아들일 준비가 된 그를 두고 이내 자연스럽게 결혼에 대한 이야기가 흘러나오기 시작했다. 왕가의 입장에서 프리츠는 이미 결혼을 했어야 했기에 이는 당연한 일이었다. 그저 도주 사태 때문에 그 타이밍이 조금 뒤로 미루어진 것뿐이었다. 브란덴부르크-프로이센은 여러 국가와 물밑 접촉을 하면서 왕자의 새로운 보필을 찾아 나섰다. 이윽고 교섭이 시작됐는데, 그 첫 상대는 제정 러시아였다. 러시아 여제 안나 이바노브바Áнна Иоáнновна의 조카딸 엘리자베스와의 결혼이 추진되었다. 부왕 빌헬름의 정책의 핵심은 브란덴부르크-프로이센의 안정과 평화였으며 그를 위해서는 육지로 밀접한 러시아와의 친교가 매우 중요했다. 이 결정에 양국은 별 거부감을 느끼지 않았으나 오스트리아는 이 사안에 크게 반대하고 나섰다. 아무리 겉으로는 양국이 친밀한 관계이긴 해도 오스트리아는 은연중에 브란덴부르크를 계속 경계하고 있었기 때문에 강국 간의 접촉에 경기를 일으킬 수밖에 없었다. 특히 프리츠의 스승이 되기로 예정된 사보이 공작 오이겐이 가장 격렬히 반대했다.

“이 결혼은 인정 못 하오! 어찌 에우로페의 중심인 우리 제국에 저 위험한 코사크 놈들을 끼얹는단 말이오?! 제국의 안정과 평화를 위해서도, 우리 대지가 가지는 지정학적 중요함을 따져서도 절대 난 인정 못 하오! 절대 인정 못 해!"

결국 오스트리아의 격렬한 반대로 그 결혼은 무산되었다. 일이 이리되자 브란덴부르크-프로이센은 자국의 기존 기조대로 왕국의 안정과 평화를 위해서 자신들과 가장 밀접한 상대를 고르기 시작했다. 애초에 군인왕은 팽창보다는 무력을 통한 평화주의자였으니 말이다. 그러다 보니 신붓감이 있는 나라 중에 가장 왕국 안정에 도움 되는 나라가 오스트리아였고, 이번엔 오스트리아에 결혼을 신청했다. 마리아 테레지아Maria Theresia와 프리츠를 결혼시키는 방안이 추진된 것이었다. 허나 이는 마리아 테레지아 공주의 개인적 사정으로 무산되었다. 이미 로트링겐 공 프란츠 슈테판이 프랑스와의 협약을 통해 자신의 영지를 버리고 합스부르크가로 오기로 했기 때문이었다. 게다가 마리아 테레지아 공주는 얼굴도 못 본 자와 평생을 함께하기 싫다며 당당히 나섰고 결국 오스트리아는 다른 방책을 강구할 수밖에 없었다.

일이 이렇게 되자 오스트리아는 제켄도르프 대사를 통해 브란덴부르크-프로이센을 설득할 수밖에 없었다. 다른 방안에 수락해달라고 말이다. 오스트리아는 합스부르크 가문의 일원이자 오스트리아 육군 원수인 브라운슈바이크-베베른Brunswick-Bevern 공작 페르난디트 알베르트 2세의 딸 엘리자베트 크리스티네Elisabeth Christine와 결혼하는 것이 어떻겠냐고 브란덴부르크에 연락을 보냈다. 브란덴부르크-프로이센의 독립성을 유지하면서도 합스부르크 가문과의 라인을 만들고 또한 제국 북부에서의 힘을 강화시킬 수 있는 이 안건에 브란덴부르크-프로이센 정부는 은근히 마음에 들어 했다. 무엇보다 새로운 신붓감은 아름답고 지적이며 동시에 독실한 신교도였다. 이내 이 결혼에 대한 합의는 성사되었다.

그렇게 두 왕가 간의 결혼이 결정되었다. 이내 두 왕가는 결혼 일정에 바삐 움직였으며 프리츠는 자신의 아내가 될 사람을 만나기 위해 한동안 질리도록 입었던 군복을 벗어 던지고 예복으로 갈아입곤 궁으로 향했다.

"아, 안녕하세요. 전 엘리자베트 크리스티네라고 해요. 앞으로 잘 부탁드려요."

지정된 방으로 들어가자 브라운슈바이크-베베른의 공주인 엘리자베트 크리스티네가 자신의 부군이 될 남자에게 예를 갖추고 싱긋 웃으며 인사했다. 신교도 왕정 국가의 일등 신붓감답게 그녀는 아름답고 청초했으며 뛰어난 여인이었다. 그녀는 재치 있게 나라에 대한 고민을 이야기했으며 그 이야기는 평소였다면 프리츠의 관심을 이끌어내기 충분할 정도였다. 그녀는 진심으로 나라를 생각했으며 백성을 업신여기지 않았다. 분명히 좋은 국모가 될 자질이 충분했다.

그러나 정작 프리츠는 전혀 그렇게 느끼지 않았다. 머리로는 나쁜 사람이 아님을 직감했지만 아버지에 대한 부정 때문에 그는 가슴이 답답한 느낌을 받았다.

'항상 혼자 속으로 난 아버지가 주무르는 흙 따위가 아니라고 자위하면 뭐해……. 아멜리아는 여전히 브리튼에 혼자 쓸쓸히 박혀있는데…….'

프리츠는 그렇게 생각하며 자연스럽게 눈물을 흘렸다. 평소라면 당연히 참았겠지만 벅차오르는 감정에 그는 무너질 수밖에 없었다. 이에 크리스티네가 놀라 프리츠에게 다가갔지만 프리츠는 그런 그녀를 내동댕이치며 외쳤다.

"동정하지 마! 아버지가 붙여준 것이!"

프리츠는 그렇게 외치며 방밖으로 떠났다. 크리스티네는 이에 매우 당혹스러웠지만 그녀는 아멜리아에 견줄 만한 여인이었다. 떠벌리는 취미 따윈 없었다. 그래서 그녀는 그의 성장을 위해 프리츠의 가까운 사람에게 몰래 이야기해 우회적으로 그를 돕는 선택을 했고, 이를 들은 푸케는 이 소식에 깜짝 놀라며 그녀를 달랬다.

"이런, 그런 일이……. 너무 심려치 마십시오. 왕세자비마마……. 원래 왕자님이 좀…… 그런 부분이 있습니다. 왕세자비마마의 탓이 아닙니다."

"전 괜찮아요. 그저…… 부군께서 그러신 것은 아마 그 브리튼의 공주 때문일 거예요. 하지만 전 제 부군이 과거에 잡혀있는 것은 싫어요. 더 성장하시길 바라요."

그녀의 말과 표정에 푸케는 감탄하며 명심하겠다고 말했다. 허나 프리츠의 마음을 그가 고칠 수 있는 것은 아니었다. 그저 독선적인 인간이 되지 않게 옆에서 같이 있어주고 지적인 대화를 이어주는 것이 답이라고 그는 생각했다. 사람을 잃은 고통은 쉽게 치료할 수 있는 것이 아니니 푸케는 시간만이 답이라고 생각했다.

'요새 왕자님을 보면 은근히 나사가 하나 빠진 느낌이야……. 하지만 좋아지실 거야. 분명.'

푸케는 그리 생각하면서 이번 결혼이 그 답이 되어주길 빌었다. 무엇보다 다행히도 왕세자비의 마음이 라인강만큼이나 풍요로우니 그는 안심하며 두 사람의 결혼을 축복해주었다. 또한 두 사람의 결혼 생활이 잘 이어지기를 빌었다. 이는 다른 이들도 마찬가지였다.

그러한 기대 속에서 두 사람의 결혼식은 준비되었다. 그렇게 얼마 후 다음 해 6월 12일, 슐로스 잘츠다흐룸Schloss Salzdahlum에서 두 왕가의 성대한 결혼식이 시작되었다. 가곡가 칼 하인리히 그라운Carl Heinrich Graun과 프리츠가 좋아하던 게오르크 프리드리히 헨델의 지휘와 음악 아래 두 왕가의 결혼식이 모두의 앞에 그 장대한 막을 올렸다. 여기저기서 피어나는 웃음소리와 상공에 흩뿌려지는 꽃들이 식장의 분위기를 아름답게 했다. 시종들은 차례대로 주례 앞으로 걸어가는 두 남녀에게 아름다운 붉은 비단길을 만들어주었다. 젊은 귀족들과 부르주아지, 그리고 각 지방의 융커들은 앞다투어 나와 새로운 권력이 될 두 사람에게 연이어 손을 흔들었다. 두 남녀는 결혼식의 하객들에게 최대한 친절한 미소를 지으며 손을 흔들어주었다.

이윽고 주례 앞에 서자 프로테스탄트의 신부가 두 남녀에게 의식 절차에 따라 묻기 시작했다. 평생 믿고 의지할 것인지, 서로 존중할 것인지, 그리고 서로 사랑할 것인지. 크리스티네 왕세자비는 웃으며 그리하겠다 했고 프리츠도 조금 뜸을 들이다가 그리하겠다고 했다. 이에 개신의 신부는 모두의 앞에서 부부의 탄생을 드높이 알렸고 이내 환호성이 식장 안을 가득 채웠다. 하객들은 다시금 부부에게 아름다운 꽃을 뿌려주면서 앞날을 축복해주었다. 이에 프리츠는 최대한 성의껏 웃으며 손을 흔들었고 크리스티네는 자신의 부군이 된 사람에게 안기며 역시 손을 흔들었다.

'짜증 나…….'

표정과 다르게 프리츠는 자신의 아내가 될 사람을 바라보며 그리 생각했다. 겉으론 화사하게 웃었지만 속으론 자신에게 안기는 여성을 경멸했다. 분명 그녀와 자신은 아무런 연결고

리가 없었다. 하지만 크리스티네는 계속 자신의 옆으로 다가왔다. 자신의 옆에 있고자 했다. 프리츠는 계속 밀쳐내려 했지만 그녀는 포기를 몰랐다. 이에 프리츠는 의문이 들었다. 왜 이 여자는 정해진 운명에 이리 적극적일까? 순순히 받아들이는 그 태도에 동감하지 못했다. 어찌 보면 그저 이왕 같이 살게 된 거 좋게 가려는 마음일수도 있지만 그래도 프리츠는 그녀를 본능적으로 꺼림칙하게 여길 수밖에 없었다.

보기 싫어도 그녀에게서 아버지의 그림자가 겹쳐 보이는 것 같았으니…….

하지만 프리츠에게 더는 거부할 길이 없었다. 세상이 보여주면 그대로 받아들일 것이라고 그는 다짐했었다. 그대로 부딪혀 나아가 현실을, 지식과 세상 그 자체를 자신의 것으로 만들겠다고 이미 생각했던 것이다. 프리츠는 더욱 성장해야만 했다. 아멜리아와 카테를 위해서. 그래서 자신도 웃으며 그녀의 어깨를 감싸 안곤 모두에게 손을 흔들었다.

이글거리는 두 눈동자와 함께.

'내가 너희들이 주무르는 흙 따위라 생각했다면 큰 오산이다.'

그렇게 프리츠의 거부할 수 없는 왕족으로서의 새로운 인생이 그 막을 올렸다.

"꼭 가셔야 하나요?"

"그래요. 가야 하니 부인은 그저 여기서 잠자코 계시오."

결혼식 후, 두 부부는 여행 후 베를린의 태자궁으로 향했다. 그러곤 둘은 한동안 평온 속에서 같이 지냈다. 딱히 어울리거나 하진 않았지만. 여하튼 프리츠는 평화로운 태자궁에서 소일거리를 하면서 때를 기다렸으며 기다림은 그리 오래지 않았다. 이윽고 부왕으로부터 대령 신분으로 나우엔Nauen과 노이루핀Neuruppin 근방에 주둔하고 있는 골츠 연대Regiment von der Goltz로 서둘러 이동하라는 명이 떨어졌다. 이는 사보이 공에게 교육을 받기 위함이었다. 이러한 부왕의 명에 프리츠는 크리스티네를 뒤로한 채 부대로 향했다.

"오, 오셨구먼. 자네가 브란덴부르크공의 아들이라고? 반갑네. 난 사보이 공작의 4대손이자 합스부르크가의 총사령 외젠이라고 하네. 부대와 함께 이리 와주니 영광이네. 사실은 우리 둘은 이미 오래전에 만났어야 했지. 허나 그놈의 분쟁 때문에 시간이 안 나 이제야 이렇게 보게 되다니……. 참으로 미안하면서도 반갑네!"

"아닙니다. 스페인 계승전쟁Spanischer Erbfolgekrieg과 대 투

르크 전쟁Großer Türkenkrieg의 영웅을 이리 뵙게 되니 저야말로 영광입니다."

"하하! 뭘, 은퇴하고 싶어도 못하는 늙은이에 불과한걸! 자자, 들어오게."

타국 왕자의 말에 오스트리아의 영웅은 호탕하게 웃으며 프리츠와 함께 막사 안으로 향했다. 막사 안은 한창 진행 중인 폴란드 계승전쟁Polnischer Thronfolgekrieg 때문에 상당히 북적이면서도 바삐 돌아가고 있었다. 허나 이런 상황에서도 오이겐은 덜 어수선한 곳으로 프리츠를 이끈 후 차분하고도 고풍스러운 태도를 보이며 말했다.

"자자, 어차피 자네가 오기 전에 할 일은 다 해놨으니……. 브란덴부르크공의 부탁이나 어서 진행하도록 하세. 자네는 전쟁의 목표가 무어라 보는가?"

"이기는 것이죠."

"그러면, 이기려면 어찌해야 하지?"

"무슨 수를 써서라도 적을 격파해야지요."

"맞아! 어처구니없이 들릴지 모르지만 그것이야말로 정확한 말이지! 그렇다면 자네는 어떤 방식을 취해 적을 격파할 셈인가? 어찌 전투를 수행할 생각이지?"

오이겐은 프리츠의 대답에 웃으며 물었다. 이에 프리츠는 그간 자신이 구축해오던 전술, 사행의 원리에 대해 순간 떠올렸다. 그는 양군이 그대로 맞붙으면 인력이 부족한 자국이 힘든 것을 알았다. 그래서 싸움이 난다면 변수가 난무하길 원했고 시선을 끌어 비스듬히 적을 치는 전략을 구상해오고 있었다. 비록 병력이 적다고 해도 적절한 전술이 있으면 전장에 적을 빠트릴 좁은 함정을 만들 수 있었다. 때문에 그는 그간 온갖 상황이 요동치는 전장에 대해 계속 연구해왔고 변칙적인 수들을 최대한 활용할 방법을 강구하고 있었다. 미완이긴 하지만.

"적을 유도해 함정에 밀어버리던가 아니면 적이 눈치 채지 못한 적절한 순간에 적을 치겠습니다."

"그렇지! 유리한 환경을 조성해 적에게 집중포화를 퍼붓고 승리를 굳혀야지! 전장에서 승리하려면 그 순간 보이는 변수들을 잘 활용해야 하네. 전쟁은 체스가 아니라서 뭐가 어찌 될지 모르거든. 놓인 상황을 잘 활용할 임기응변이 중요하지."

오이겐은 타국 왕자의 말에 웃으며 답한 뒤 그간 자신이 지나온 전장을 회술했다. 그는 크레모나에서 야습을 가해 프랑스에게 대승을 거두었으며 루차라에서는 적을 유도해 분산시킨 후 포위해 이긴 바가 있었다. 젠타에서는 투르크군이 강을 도하하는 순간 쳐서 이겼으며 토리노에서는 공성으로 지친 프랑스-스페인 연합군의 취약점을 도려내 승리를 취한 바 있었다. 하나 같이 대놓고 전장에서 맞붙은 것이 아니라 적을 약하게 만들고 싸워 이기는 방식이었다. 이러한 방식은 인력 소모에 민감한 브란덴부르크-프로이센에게는 배워 마땅한 전술이었고, 프리츠는 이를 들으며 오이겐이 겪은 전장에 대해 메모해갔다.

"사람들은 모두 기본에서 시작하자고 하지만 피 튀기는 전장에서는 그런 것은 없다네. 그냥 보이는 대로 활용해서 달려가는 거야. 갑자기 날씨 때문에 질 수도 있고 지형지물이 개판이여서 질 수도 있지. 중요한 건 주어진 상황을 어찌 이용하느냐는 것과 적을 어떤 전술로 최대한 가볍게 제압하느냐는 것이지. 병법의 기본은 나중에 레오폴트 경에게 배우게. 그 친구가 군 하나는 정말 잘 다루니 나보다 더 좋을 거야."

오이겐은 그리 말하며 호탕하게 웃었다. 그러곤 자리에서 일어나 프리츠에게 이제 남은 수업은 단 하나뿐이라고 말했다. 그것은 바로 전투 참여였다. 사보이 공의 생각엔 타국의 왕자는 어차피 어릴 적부터 훈련과 교육을 받았을 것이었다. 그렇다면 이제 남은 최고의 방법은 직접 참가해보는 것이라고 판단했다. 따라서 그는 방금 수업을 시작했지만 이것이 처음이자 마지막으로 받을 가장 최선의 수업 과정이라 생각해 타국의 왕자를 전쟁터로 끌고 갔다. 자신의 옆에서 확실히 지켜보며 배울 수 있게 말이다.

그렇게 한동안 프리츠는 오이겐 공을 따라 이리저리 전장을 오가면서 자신의 전술과 여러 생각들을 정리했다. 속도의 중요성을 다시금 확인했으며 포병대의 비율과 상태에 대해 고찰했고 자국 군대만의 신호 체계를 정립해갔다. 또한 질 좋은 장교를 보급받기 위해 귀족들과의 화합에 대해서도 생각했다.

'작전의 빠른 성취를 위해 포병대 기준은 6파운드 포로 하는 게 좋겠어. 장교 보급을 위해 부르주아지들이 귀족 영지를 사들이려는 것도 어느 정도 제한을 두는 게 좋겠고……'

그는 그렇게 생각하며 계속해서 피 튀기는 전쟁터를 지켜보았다. 전쟁터의 살벌함은 그도 아버지의 생각에 동감할 수밖에 없게 만들 정도였다. 이러한 풍경에 그는 용병의 활용성에 대해 생각했고 자국 인력은 생산에 투입하고 전쟁에는 최대한 용병 비율을 높이는 방안을 구축해갔다. 브란덴부르크-프로이센은 군대는 강력한 데 비해 인구는 타국에 비해 적어서 인력 소모에 민감할 수밖에 없었다. 그는 그리 생각하며 계속 나라를 이끌 방도에 대해 생각했다. 지키기 위한 힘을 키우고 또 키우기 위해서. 그 생각은 피 튀기는 전장을 보며 더더욱 확고해졌다. 필요에 따라 사람이 사람을 죽이는 냉철한 이 세상에서 순수함을 지키려면 역설적이게도 힘이 필요했으니까. 프리츠는 그 힘을 얻고 더 키우기 위해 계속 공부에 몰입했다.

"어이! 왕자님, 공부는 잘돼 가나?"

"아, 스승님. 오셨습니까."

공부의 나날 속에서 하루는 오이겐 공이 프리츠의 막사를 방문했다. 오이겐 공은 직접 선생 노릇을 하기보단 지휘가 무엇인지 보여주는 방식을 택했기에 오랜만에 둘이서 이야기를 하기 위해 온 것이었다. 막사 안에 들어오자 프리츠는 탁자 위에 전술 지도를 펴들고 혼자 공부하고 있었으며 이 모습에 오이겐 공은 웃으며 그에게 말했다.

"이럴 땐 조금 쉬게. 전쟁터 따라다니며 실전 군 지휘보고 배우는 것도 힘들 텐데."

"아닙니다. 더 노력해야죠."

"그래. 무엇을 하고 있었는가? 부족하지만 내가 좀 도와주겠네."

"아, 그저 전부터 생각해오던 전술을 짜고 있었습니다. 그간 배운 여러 위대한 전술들이 있고 전장에선 여러 변수가 넘친다지만 뭐랄까……. 여러 상황에도 응용할 수 있는 저만의 전술이 있었으면 좋겠다고 생각해서 말이죠. 변수나 지형지물에서가 아닌 머리에서 나와 적의 머리를 골탕 먹일 그런 작전을 꾸미고 있었습니다."

"그래? 한번 보지."

전술지도에는 두 개의 군이 일직선으로 그려져 있었다. 그리고 측면에 별동대로 보이는 군이 배치되어 있었다. 프리츠는 이 별동대의 위치와 병력, 부대 배치 방식을 바꾸어가며 효과적으로 적의 취약점을 노릴 전략을 구상하고 있었다.

"괜찮은 작전이군. 자네는 아마 이 작전의 단점을 최대한 보완하며 더 좋은 수를 만들려고 하고 있겠지. 그럼 자네의 장점을 더욱 이용해보게나. 그럼 될 듯하네."

오이겐은 그렇게 말하며 웃으며 막사 밖으로 나갔다. 이에 프리츠는 수수께끼 같은 그의 말에 순간 뾰로통해졌다. 도와준다면서 바로 나가다니? 그는 순간 짜증이 났다. 허나 얼마 지나지 않아 스승의 진의를 파악해 그는 재빨리 지도의 진형을 바꾸어 보기 시작했다.

프리츠는 기본적으로 별동대를 이용해 측면을 노리는 식의 사행 전술을 즐겨 썼기에 이에 맞게 적의 진형을 일자로 길게 늘어트려 보았다. 여기에 그는 별동대가 특유의 빠른 기동성을 이용해 지정된 장소로 적을 유인하도록 짜보았다. 만일 성공한다면 시선은 그곳으로 모일 것이었다. 그렇다면 적이 눈치채기 전에 어서 빨리 본대가 움직여 적의 측면과 반대편을 공략해야 할 것이고, 그렇기에 군의 배치를 비스듬히 해 한곳에 전력을 집중시키는 방식이 좋았다. 그는 좌익에 중포를 집중적으로 배치해 화력을 집중시켰으며 이목이 끌리는 동안 신속히 움직여 반대편에서 적의 측면을 타격하도록 구상했다. 그리 구상하니 빨리, 은밀히 움직인다면 적이 눈치 채기 전에 일을 마무리할 수 있다고 판단되었다. 다행히 이미 그는 기동성

하나만큼은 훤했다. 그가 구상한 포병대의 화력이 조금 가볍긴 했지만.

이 생각에 그는 웃었다. 가히 사행 전술이 완성되는 순간이었다.

'의도를 숨기는 완벽한 기습. 그래, 열쇠는 역시 기동성이야. 앞으로도 초반의 작전 기동을 다듬어야겠어.'

그는 그리 생각하며 다시금 해맑게 웃었다. 단순히 성취감 때문이 아니라 마치 말 그대로 자신이 움직일 수 있는 공간이 더 커지는 느낌을 받았기 때문이었다. 지식과 문화를 담을 수 있는 공간의 크기가 더더욱 커지는 그 느낌에 그는 만족스럽게 웃으며 침대에 누웠다. 그러곤 천장을 향해 발을 쭉 뻗으며 생각했다.

'아멜리아, 그리 멀지 않았어.'

그는 웃으며 잠자리에 들었다. 머리맡에 사람을 죽이기 위한 기술을 고찰한 책과 사람을 기쁘게 하기 위한 기술을 고찰한 책을 동시에 두고서.

얼마 후, 프리츠는 본국으로 귀환했다. 폴란드 계승전쟁에 대한 브란덴부르크-프로이센의 우방으로서의 의무로 부대와

함께 보내졌긴 하나 왕자로서는 교육 차원으로 간지라, 프리츠만은 다시 본국에서의 교육을 받으러 돌아오라는 부왕의 전갈 때문이었다. 프리츠는 짧은 기간이긴 하지만 스승으로서 여러 조언을 해준 사보이 공 오이겐을 찾아가 마지막 인사를 했다.

"스승님. 그간 많은 가르침, 정말로 감사드립니다."

"하하, 뭐 가르침까지야. 난 그저 자네에게 몇 마디 건넨 것에 불과한 걸. 오히려 그대가 잘 알아서 터득해주었지. 내가 한 거라곤 단지 드넓은 전장을 보여준 것뿐일세. 그간 이 늙은이와 잘 어울려주어서 고마웠네."

프리츠의 인사에 사보이 공 오이겐은 상냥하게 웃어주며 답했다. 빈말이 아니라 그가 보아도 확실히 프리츠는 좋은 성장세를 보여주고 있었다. 군의 운용에 대한 여러 방식을 빨리 터득해 자신의 것으로 만들어가고 있었으니 말이다. 작전을 위해 분리된 군대가 신호에 맞춰 제 몸처럼 움직이는 방식을 프리츠는 이번 기회를 통해 확실히 배웠으며 오이겐 공은 그런 그를 칭찬하며 마지막 인사를 했다.

"자, 이 늙은이가 언제 다시 그대를 볼지는 모르겠지만……. 언제 기회 되면 또 보세나!"

"하하. 왕이 되면 꼭 궁정에 초대하겠습니다. 스승님."

프리츠는 마지막으로 사보이의 스승에게 인사를 한 뒤 막사 밖으로 향했다. 하지만 마무리는 아쉽게도 그대로 아름답게 이어지지 못했다. 보고를 위해 급하게 들어오는 한 장교에게 부딪쳐 그만 엉덩방아를 찧었기 때문이었다. 물론 프리츠는 장교의 사과를 받으며 침착하게 나가려 했지만 오이겐이 나가려는 그를 붙잡아 사제 간의 이별은 조금 뒤로 미루어지게 되었다. 이유는 그의 옷에서 떨어진 한 권의 책 때문이었다. 오이겐은 방금 전의 충격으로 프리츠의 옷에서 튕겨 나온 책을 집어 들며 그에게 말했다.

"자네, 책 떨어트렸네."

그리 말하며 오이겐은 떨어져서 펼쳐진 책을 프리츠에게 건네주려 했다. 하지만 순간 책에 적힌 내용에 시선을 뺏긴 오이겐은 잠시 책을 살펴보기 시작했다. 책의 겉표지는 분명 마키아벨리의 『군주론』이었지만 안의 내용은 프리츠가 죄다 수정한 상태였다. 활자 위에 쓰인 프리츠의 필체가 책의 내용을 새롭게 뒤덮고 있었다.

"그만 주세요, 스승님."

"아, 아 미안하네. 여기……."

프리츠의 말에 오이겐은 약간 말을 더듬으며 프리츠에게 책을 건넸다. 프리츠는 그대로 나가려고 했지만 오이겐은 그를 다시금 붙잡을 수밖에 없었다. 특유의 불안감이 그를 뒤덮고 있었기 때문에 말이다.

"저…… 마지막으로 할 말이 있네."

"무슨…… 말씀이신지요?"

"난 그저 우리가 사업자들의 관계가 아닌 진짜 사제 관계가 되길 바라네. 그래서 노파심으로 하는 말인데……. 그대는 어떤 세상을 바라나?"

"좀 더 좋은 세상을 바랍니다."

"음…… 그런가……. 하지만 무를 기반으로 하는 문은 아름답지 못한 법이네……. 그렇지 않은가?"

프리츠의 대답에 오이겐은 입술을 손바닥으로 감싸며 약간 침울한 표정을 짓고 답했다. 이에 프리츠는 자신이 휘갈겨 쓴 것에 대한 진의를 말하고 싶었지만 그러지 않았다. 상대방의 진의가 무엇인지 파악이 안 되는 것도 아니었으니 말이다. 프리츠가 긍정도 부정도 하지 않은 채 가만히 서있자 오이겐은 표정을 풀고 웃으며 말했다.

"아니…… 그리 심각해지지 말게. 그저 노파심이니까. 내가 아는 사람 중 자네 같은 젊은이가 없겠나? 바덴-두를라흐의 다음 변경백이 될 카를 프리드리히란 자도 그렇다네. 바꾸길 좋아하는 사람이지. 다만 자기의 것을 먼저 바꾸어 나가다 보면 그 흐름이 세상을 바꾸리라고 믿는 사람이야. 한번 잘 생각해보시게나. 난 자네의 아름다움이, 그 아름다움을 기반으로 한 멋진 제단이 더럽게 지어지는 걸 바라지 않으니까……."

오이겐은 그리 말하며 웃으며 타국의 왕자의 어깨를 감싸 안아주며 말했다. 그 말에 프리츠는 한동안 고민해야 할 문제에 착잡함과 행복감을 동시에 느끼며 자신의 스승에게 마지막 인사를 했다. 그렇게 프리츠는 고민 덩어리와 함께 고국으로 귀환하게 되었다.

얼마 후, 프리츠는 이윽고 고국으로 돌아왔다. 허나 그에게 쉴 틈은 없었다. 부왕은 언제나 그가 단련하기를 원했으니 말이다. 후세가 안전하기 위해 그의 임종까지 아들이 달리고 또 달리기를 원했다. 물론 보상과 여유도 주긴 할 생각이었지만 지금은 아니었다. 이에 프리츠는 국왕의 명에 따라 포츠담 외곽의 부대 주둔지로 향했다.

"오셨습니까."

"반갑습니다. 안할트-데사우 공."

그곳에는 안할트-데사우 공작 레오폴트 경이 왕자를 훈련시키기 위해 대기하고 있었다. 그는 스페인 계승전쟁과 북방전쟁에서 활약한 군인으로 계승전쟁 당시 저지대의 모르스 요새에 대한 기습 작전을 매우 성공적으로 이행해 부왕의 총애를 받은 베를린 최고의 훈련 교관이었다. 그는 사실 훈련보다는 전장에서 주로 활약하는 궁정의 유력한 인사 중 한 명이었지만 몇 년 전 프로이센의 장군이자 현재 국방장관인 그룸브코브 경과의 불화로 인해 결투 후 군대 훈련에만 전념하게 되었다. 그리고 그 수준이 올라 이젠 왕가로부터 왕자의 훈련을 도맡으라는 명을 받게 되었다.

"사보이의 스승님은 레오폴트 경이 기본의 대가라 하시더군요. 많은 가르침 부탁드립니다."

"하하……. 아무것도 아닙니다. 그저 보병을 중심으로 단련을 시킬 뿐이지요. 왕자님의 성장에 조금이나마 도움이 됐으면 좋겠습니다. 자 그럼, 보시죠."

레오폴트는 프리츠의 말에 웃으며 곧바로 훈련장으로 왕자를 모셨다. 그곳에는 엄격한 틀에 맞추어 훈련을 하고 있는 보병들이 보였다. 레오폴트는 프리츠에게 자신이 최초로 구상한 '열병 훈련'을 보여주겠다고 했다. 이내 레오폴트가 지휘 신호를 보내자 훈련장의 보병대들은 조직적인 행동을 보이기 시작했다. 보병대원들은 이내 울려 퍼지는 북소리에 응했다. 북소리에 맞추어 보폭을 일치시켰으며 오와 열을 맞추어 사격을 동시에 개시했다. 모든 보병들은 거의 완벽에 가까울 정도로 같은 행동을 동시에 보여주었다. 그들은 동시에 사격하고 동시에 플린트락 머스킷을, 당대 최고의 질을 자랑하는 프로이센 퓨질을 장전해가며 전투를 이행했다. 물론 에우로페 군대들도 규율이란 게 없는 것은 아니니 최대한 집단성을 추구하며 전투를 이행했지만 프리츠가 본 레오폴트의 보병대는 그 질이 차원이 달랐다. '일사분란'이란 단어와는 어느 정도 거리가 먼 다른 에우로페의 군대들과는 다르게 강도 높은 규율로 빠른 이동, 기동성을 보이며 마치 한 몸처럼 움직였다. 개인행동, 개별 사격이 없이 한 번의 장전, 한 번의 사격으로 화력을 집중시켰으며 동시에 대형을 유지하는 모습은 정말로 한 몸같이 보였다. 또한 밀집된 종대대형을 취해 목표점으로 빠르게 움직였으며 재빨리 대형을 변경해 사격을 이어가는, 정말 훈련이 잘되지 않았다면 보여주기 힘든 모습을 보여주며 전투를 이어갔다.

"저의 근래 목표는 대원들이 한 몸처럼 움직이는 것입니다. 그럼 타국에 비해 우린 더 빠르고, 더 정확하고, 더 강한 화력을 지니게 되겠죠. 그렇기에 전열도 3, 4열이 아니라 2열로 하는 것이 전 더 좋아 보입니다. 훈련만 잘되면 화력 집중은 2열이 더 편하니까요."

그러면서 레오폴트는 근래 더욱 발전된 브란덴부르크-프로이센의 활강식 수석총, 퓨질을 보여주었다. 보통 분당 2, 3발 쏘는 다른 에우로페의 보병대에 비해 자국 보병대원들은 훈련이 되었다는 조건하에 분당 4, 5발을 쏠 수 있었다. 페이퍼 카트리지 같은 도구와 규격화된 탄약 시스템, 그리고 동시에 철

저히 틀에 맞춰 움직이는 보병들 덕택이었다.

이처럼 군대를 한 몸으로 만드는 훈련 방식에 프리츠는 감탄하며 레오폴트에게 박수를 보냈다. 레오폴트의 보병대만 있다면 그가 고민하던 화력과 기동성의 문제는 단번에 해결될 터이니 말이다. 프리츠는 감탄하며 레오폴트에게 말했다.

"열병 훈련을 처음부터 자세히 가르쳐주세요. 군에 도입하는 과정을 말이죠."

적극적인 왕세자의 태도에 레오폴트는 웃으며 다시 처음부터 열병 훈련을 보여주었다. 발을 맞추며 움직이는 병력에 프리츠는 만족해하며 웃었다. 한 몸이 되어 자신의 손발처럼 움직이는 부대라면 대부분의 문제가 해결될 정도로 우수한 조건이었으니 말이다. 그래서 그는 웃으며 속으로 생각했다.

'어찌되었든 난 성장해야 해. 그게 지금으로선 최선이니…….'

그렇게 생각하며 프리츠는 배워갔다. 자신이 좇을 내일을 위해.

"뭐 하시고 계십니까?"

"아, 편지를 쓰고 있었습니다. 브란덴부르크로 와주었으면

하는 사람이 있거든요. 계속 거절하고 있지만……."

"호오, 왕자님의 구애의 대상이라니. 흥미롭군요."

대략 보름 후, 부왕의 보상이 얼마 남지 않은 시점의 저녁에 레오폴트가 왕자에게 다가가 그의 옆에 앉으며 말을 걸었다. 프리츠는 별빛과 등불 아래 편지를 쓰며 자국의 위대한 훈련교관에게 답했다. 레오폴트는 프리츠의 말에 흥미로워하며 담배를 입에 물곤 은하수를 바라보며 말했다.

"혹시 실례가 아니라면 편지의 대상에 대해 물어봐도 될까요? 왕자님의 이야기나 할 겸 말이죠. 제가 타국 사람이라면 몰라도…… 왕자님과 전 한배를 탄 사이 아닙니까? 속 터놓고 이야기해보는 것도 나쁘지 않지요."

그렇게 말하며 레오폴트는 프리츠의 앞으로 온 크리스티네의 편지들을 건넸다. 사실 프리츠가 일부러 피한 것이긴 했지만 레오폴트의 관점에서 이런 행동은 프리츠에게 무언가 문제나 고민 덩어리가 있다는 증거였다. 아내의 편지를 뒤로할 정도로 프리츠만의 생각거리가 있다고 여긴 것이다. 게다가 요근래 고민의 낯빛을 여러 번 보았기도 했다. 그리고 그것은 딱히 틀린 사실은 아니었다.

"아…… 안할트-데사우 공께서 그러시다면……."

"지금만큼은 그저 옆집 레오폴트라고 생각해주셨으면 합니다. 원래 속에 담고 있기만 하는 건 나쁘니까요."

프리츠의 말에 레오폴트는 인자하게 웃으며 말했다. 정치와 거리가 먼 전형적인 군인인 이 남자의 거짓 없는 웃음에 프리츠는 자신도 덩달아 웃으며 그리하겠다고 말했다. 그러곤 쓰고 있는 편지와 지금까지 받은 편지를 보여주며 말했다.

"이 편지들은 볼테르라는 학자에게 보내고 받은 편지들입니다."

"볼테르라……. 그 입 잘 털기로 유명한 계몽주의자 말입니까?"

"예. 사람을 속박하는 모든 것으로부터 벗어나 진정으로 사람과 더불어 살아야 한다고 주장하는 사람이죠. 독선과 아집을 싫어하는……. 그래서 종교와 자주 싸우기도 했죠. 권위와 비관용에 맞서는 모습이 멋져 보여서 아국에 초청하고 싶은데……."

"싶은데?"

"볼테르의 아내분이 절 별로 마음에 들어 하지 않더라고요. 저야말로 독선적인 사람이라고 말이죠. 설사 안 그렇다고 하더라고 그리될 거라고 하더라고요."

"이런……. 너무한 거 아닙니까? 내가 보기엔 왕자님은 그 정도로 개자식은 아니던데?"

"하하……."

레오폴트의 말에 프리츠는 약간 헛웃음을 던졌다. 그러곤 한동안 말이 없다가 쓰던 편지를 탁자 위에 힘없이 내던지곤 하늘의 별빛을 바라보며 말했다.

"딱히 틀린 말이라곤 생각 안 합니다. 저도 제가 선택한 길에 가끔 의문을 가지니까요. 정말 제대로 된 길일까? 제대로 걷고 있는 걸까 하면서요."

"왜 그리 생각하십니까?"

"간단하죠……. 생각해보면 제가 원하는 세상을 만들려면 일단 전쟁을 먼저 준비해야 하니까. 정말 앞뒤가 안 맞는 생각이죠."

프리츠는 자신의 양면성에 대해 솔직히 토로해놓았다. 지금도 국사 조칙에 대해 연구하며 미래의 싸움을 대비하면서 다른 면으로는 사형 폐지와 언론 자유 등의 계몽 정책을 준비하는 자신을 보자니 아이러니한 느낌을 받았기 때문이었다. 가끔은 자신이 잘하고 있는지 의문이 들었다. 오이겐의 말도 있었으니 고민해야 할 문제긴 했다. 하지만 레오폴트는 프랑스 출신의 사보이 스승과 달리 별로 시답지 않다는 표정을 지으며 말했다.

"에이……. 하지만 어쩌면 그게 현실 아닙니까? 말로, 대화로 모든 게 이루어진다면 저 같은 군인은 필요가 없죠."

태연한 그의 표정에 잠시 프리츠는 얼고 말았다. 너무 당연하게 넘어가는 그 태도에 말이다. 하지만 레오폴트는 그저 장난스럽게 하는 말이 아니었고, 그는 담배를 피우며 왕자의 생각에 답해갔다.

"물론 싸우는 게 능사는 아니죠. 끔찍하고…… 더럽죠. 허나 뭐가 옳은지, 어떤 방법이 정답인지 누가 정한답니까? 그걸 어떻게 알아요? 저도 그룸브코브 경과 싸우고 여기까지 왔다지만……. 지금은 그를 그다지 미워하지 않습니다. 그도 그 나름 국가를 위한 충정이 있거든요. 하지만 저와 생각은 다르죠. 아주 많이. 하지만 그 마음은 진심이 아니겠습니까? 나라를, 세상을 더 좋게 만들겠다는 마음 말이죠. 왕자님처럼."

레오폴트는 프리츠의 가슴팍을 담배를 들지 않은 쪽의 손으로 툭 건들며 말을 이어갔다.

"전 그리 생각합니다. 왕자님이 근래에 엄청 공부하시고 훈련을 받으시면서 뭘 그리 생각하는지는 자세히는 모르겠지만……. 중요한 건 왕자님 가슴 안에 있는 본질이죠. 다 좋은 걸 이루려고 노력하고 계신 거 아닙니까? 설마 나라를 좆같이 만들고 싶다는 마음은 아니시죠?"

"하하……. 당연히 아니죠, 그런 건……."

"그럼 빛을 따라 달려가세요. 그렇다면 그 끝에는 왕자님이 원하는 세상이 있겠지요."

레오폴트는 그러면서 자신뿐만 아니라 모두가 어릴 때부터 배우는 것을 읊어주었다. 따뜻한 온기에 기분 좋은 잠이 오는 말들을……. 프리츠의 꿈은 아멜리아가 바랐던 대로 모두가 좋아할 이러한 포근함의 기반을 만드는 것이었다. 힘들고 고민되고 불안한 길이긴 하지만 말이다. 물론 다른 길도 있을 것이다. 하지만 확실한 것은 그곳으로 가야 한다는 것이었다. 겨울보단 따뜻한 봄이 나으니까.

“하하, 그럼 전 제 갈 길 가겠습니다. 괜찮겠지요?”

“뭐 그렇지요. 정답 없는 세상에 자신의 길을 걷는 것도 나쁘지 않을 터이니 말입니다.”

레오폴트는 그리 답하곤 웃으며 프리츠에게 담배를 건넸다. 프리츠는 그 담배를 받아들며 하늘 위의 은하수를 바라보았다. 도덕이라 불리는 밝음이 넘치길 바라며.

“노이루핀 북부에 위치한 라인스베르크Rheinsberg의 궁을 하사해주마. 그간 고생 많았다. 한동안 여기서 네가 원하는 자유, 마음껏 누리도록 해라.”

“과찬이시옵니다. 감사히 받겠나이다.”

시간이 흘러 브란덴부르크-프로이센이 참가한 계승전쟁이 마무리되자 국왕 빌헬름은 퀴스트린 이후로 계속 뛰어온 자신의 아들에게 쉴 틈을 내려주었다. 이제 오랜 시간이 지나

20대 중반의 나이에 접어든 프리츠는 왕이 되기 전까지의 틈에 한동안 원하는 것을 즐겨야겠다고 생각했다. 물론 향후 대비를 위한 공부를 계속하긴 하겠지만. 그래서 그는 하사받은 영지로 푸케를 통해 여러 학자와 예술가들을 초대했다.

곧 초청에 응한 이들이 라인스베르크궁의 접견실에 도착했다. 프리츠는 제국의 명사들이 도착했다는 소식에 재빨리 접견실로 향했다. 그곳에는 네 명의 제국 명사들이 있었다. 제국 출신의 건축가이자 화가인 벤체슬라우스 폰 크노벨스도르프Wenzeslaus von Knobelsdorff, 프랑스 위그노 출신의 어학자이자 사학자인 샤를 에티엔 요르단Charles Etienne Jordan, 브란덴부르크의 외교관인 울리히 프리드리히 폰 섬Ulrich Friedrich von Suhm, 프랑스 망명 귀족 가문의 출신인 장교 에그몬트 폰 카조트Egmont von Chasôt까지 총 네 명이 왕자의 마중에 반갑게 인사했다.

"반갑습니다. 왕자님."

"만나게 돼서 영광입니다."

"저야말로 반갑습니다. 푸케, 다른 분들은?"

"정기적으로 이곳에 머무르겠다고 하신 분들은 여기 네 분이고 달랑베르 경이나 모페르튀이Maupertuis 경 등 다른 학자분들은 나중에 꼭 한 번 찾아뵙겠다고 했습니다. 아쉽게도 애타게 기다리시는 볼테르 경은 이번에도 에밀리 뒤 샤틀레Émilie du Châtelet 후작 부인의 의견으로 저희의 초청을 거절했습니다. 다만 미안하다며 2년 전에 쓰신 브리튼 편지라고 불리는 『철학 서간Lettres anglaises』을 보내셨습니다. 읽어보시면 좋아할 거라고 말이죠."

"아, 제국 왼편에서 금서로 지정된 그 책? 한번 보지!"

볼테르의 신간이란 말에 프리츠는 기뻐하며 책을 냉큼 집어 들었다. 평소라면 나중에 보겠지만 여러 학자 중에서도 가장 경애하는 자의 책이라 프리츠는 흥분할 수밖에 없었다. 게다가 브리튼에 망명할 정도로 행보가 괴팍하고 전투적인 그인지라 책도 항상 금서로 지정되기 일쑤라서 구하기도 힘들었다. 그래서 프리츠는 그만 눈이 돌아가 버렸고 모두에게 잠시만 시간을 달라고 양해를 구하며 그 자리에 바로 주저앉아 책을 읽어 내려갔다.

책의 내용은 겉으로 보기에는 단순했다. 브리튼에서 경험한 이야기를 편지 형식으로 써내려간 것뿐이었다. 정말 대충 본다면 여행 수기 정도의 글, 그러나 필자가 필자인지라 절대 단순히 그러하지 않았다. 브리튼의 것을 칭찬하며 프랑스의 전제주의와 가톨릭교의 부정함을 짓궂게 비평하고 있었다. 브리튼의 퀘이커 교도를 다루면서 억누름과 강요가 짙은 가톨릭교의 행실을 비꼬았으며 브리튼의 존 로크, 베이컨, 뉴턴 철학을 칭찬하며 경험주의와 과학주의, 그 실험적인 정신의 위대함을 칭찬하고 프랑스의 전제적 체제를 비판했다. 명예혁명으로 완성된 왕권 억제로 인한 의회 조율 시스템을 통해 브리튼은 각인의 수입에 따라 과세하고 상업을 부강하게 하며 만인의 복지를 신경 쓰는데 프랑스는 그러하지 못한다고 비꼬았다. 그는 이 책으로 모두를 옭고 있는 오래된 체제를 비판했으며 구체제 탓에 잠자고 있는 여러 좋은 면들이 깨어나길 원했다.

프리츠는 그런 계몽주의적 생각이 담긴 글을 읽으며 다시금 자신이 나아갈 길에 대해 되새기고 상정했다. 세상은 좋은 모습으로 바뀌어야 했다. 그래야 아멜리아와 카테에게 부끄럽지 않을 테니까.

"잠시 편지를 쓰게 해주게."

"그러지요."

프리츠는 냉큼 펜을 굴려 볼테르에게 답장하기 시작했다. 자신이 갈 길에 힘이 되어주길 원하면서.

– 나의 중요한 업무는 이 나라의 무지와 편견과 싸우는 것입니다. 따라서 본인은 브란덴부르크-프로이센의 백성들을 계몽하고 그들의 품행과 도덕을 교화해 그들을 행복하게 하려고 합니다. 더 좋은 세상은 따뜻함으로 모두를 행복하게 해주니까요.

'이 정도면 내 뜻을 알아주겠지…….'

"저…… 왕자님……. 푹 빠진 건 이해하겠는데 뒷사람들이 기다리십니다……."

"응? 아! 죄송합니다. 정말, 정말 죄송합니다. 제가 원래 좋아하는 것엔 직선적이라 할까요? 좀 성격이 그래서…… 하하……."

프리츠가 볼테르의 세계에 계속 빠져있자 보다 못한 푸케가 그를 살며시 건드리며 말했다. 이에 프리츠는 웃으며 기분이 상했을지도 모를, 기다리고 있던 네 명을 최대한 달랬다. 허나 네 명은 프리츠의 학문에 대한 순수함에 오히려 기쁜 얼굴로 괜찮다고 답했다. 달랑베르의 말처럼 어쩌면 이 왕자는 학자들이 원하는 계몽 군주가 될 수 있다고 생각되었기 때문이었다. 그래서 샤를 에티엔 요르단은 웃으며 프리츠에게 책 한 권을 건네곤 말했다.

"지식에 대해 열정이 대단하시니 오히려 저희가 마음이 좋아집니다. 도리어 즐거운 기다림의 시간이었습니다. 그러니 제가 선물을 하나 드리도록 하겠습니다. 다만 지금부턴 저희끼리 이야기를 해야 하니 이건 나중에 읽어주시옵소서."

"아, 감사합니다. 그런데 무슨 책인가요?"

"『로마인의 위대함과 성쇠 원인에 관한 고찰Considérations sur les causes de la grandeur des Romains et de leur décadence』이라

는 책입니다."

"그건 몽테스키외가 적은 사서 아닙니까? 안 그래도 볼 계획이었는데 고맙습니다."

"『페르시아인의 편지』와는 조금 대조되는 책인데 로마가 왜 성공했고 그리고 실패했는지 말해주는 책이니 나라를 운영하심에 있어 큰 도움이 될 거라 생각됩니다."

요르단은 그러면서 책의 내용을 간단히 언급해주었다. 승리의 원인을 파악하고 체계적 교육과 더 좋은 외국 관습에 대한 원활한 채용, 토지의 공평한 분배 등 다스림의 미덕을 후일의 국왕이 배우길 바란다고 말했다. 프리츠는 좋은 생각을 따르겠다고 답하며 네 명을 직접 안으로 들였다. 방에 들어가니 만찬이 모두를 기다리고 있었다.

"자, 드시지요. 들면서 이야기합시다."

왕자의 말에 다들 자리에 앉아 식사를 들기 시작했다. 여기에 오기까지 다들 밥을 먹지 않아 정말 맛있게 음식을 집어삼켰다. 그리고 다들 어느 정도 배가 차오르자 도착한 넷은 자신들의 의문을 꺼내들었다.

"왕자님."

"무슨 하실 말씀이시라도?"

"저희를 부른 이유가 있으리라고 사료됩니다. 무슨 이야기를 하고 싶으신지 솔직하게 말씀해주시옵소서. 저희가 성심껏 보필해드리겠습니다."

"아, 아. 그리 말해주시니 정말 감사합니다. 마음이 한결 가벼워지는 느낌입니다."

초청 인사들의 말에 프리츠는 웃으며 답했다. 화사한 웃음에 푸케도, 초청 인사들도 환하게 웃으며 방 안의 분위기를 한껏 띄웠다. 그러곤 웃음 끝에 서서히 정적이 다가오자 자신이 말할 차례라고 직감한 프리츠는 모두를 바라보며 마치 아이처럼 해맑게 웃으며 말했다.

"여러분. 우리가 왜 배움을 추구할까요?"

"그야 더 나아가기 위해서죠."

"그렇습니다. 전 세상이 더 나은 방향으로 가야 한다고 생각합니다. 더 좋은 세상, 도덕이 보편화되는 그런 세상을 전 바랍니다. 그저 꿈같은 이야기가 아닙니다. 도덕성이 추구되는 세상이야말로 더 현실적인 세상이죠. 생각을 조금만 한다면 간단한 이야기지요. 권력암투로 매일을 죽음의 선상에서 살아야 하는 세상과 도덕보편화로 인해 그런 걱정이 없는 세상, 어느 세상으로 가는 것이 자신에게 좋겠습니까? 현실적으로, 현실적으로……. 그렇게 따지는 현실이 자신들의 안위와 이익이라면 다들 후자의 길을 걸어야지요. 당연히 그래야 합니다. 다만 그저 모두 눈앞의 이익에 눈이 멀어있을 뿐입니다. 우리의 의무는 그러한 생각을 깨기 위해 움직이는 겁니다. 그것이 계몽 아니겠습니까? 그래서 우리는 배움으로 좋은 생각들을 설파하고 있죠. 도덕이 진정한 현실인 이유를, 규범과 가치를 지켜야만 오는 안정감과 행복을 말이죠."

프리츠는 그러면서 모두에게 자신이 꿈꾸는 이야기들을 언급했다. 구타 속에 살았던 세상을 떠나 따스한 곳에서 연인과 같이 드러눕는 그러한 이야기들을. 푸케가 듣기엔 크리스티네를 태자궁에 놔두고 왔으니 그 대상이 아멜리아라는 것을 알아 조금 비통하긴 했지만 여하튼 따뜻함이 넘치는 이야기에 초청 인사들은 고개를 연신 끄덕이며 좋은 세상이 오길 바란다고 답했다. 그러면서 왕자에게 그 비전으로 달려갈 방법이 무엇인지 물었다. 이에 모두의 시선이 프리츠에게 집중되었다. 오늘 모이게 된 원인이라 해도 과언이 아니니 말이다. 프리츠는 모두를 보며 싱긋 웃으면서 말했다.

"간단합니다. 국왕이 되면 조만간 합스부르크가를 치겠습니다."

놀라 자빠진다는 의미가 무슨 말인지 다들 다시금 정확하게 깨닫는 순간이었다.

"뭐, 뭐라 하셨습니까?"

"왕자님은 분명 더 좋은 세상을 만들길 원한다면서 전쟁을 하겠다니요? 정확히 설명을 해주십시오!"

프리츠의 충격적인 발언에 초청된 명사들은 놀라 자빠지며 왕자를 향해 소리치며 물었다. 그들이 가지고 있던 프리츠의 이미지는 학술을 토대로 한 계몽군주였으니 당연한 반응이었다. 평화롭게 브란덴부르크의 영지에서 개선된 삶을 추구하는 분위기를 바랐건만 프리츠의 공격적인 말에 다들 경악을 금치 못했다. 브란덴부르크-프로이센 출신의 섬 정도만 그나마 이해를 해주었지만 그래도 충격적인 것은 매한가지였다. 이러한 반응에 프리츠는 일어나 옆의 드넓은 화원을 바라보며 모두에게 말했다.

"걱정 마십시오. 여러분이 원하는 정책들, 전 행해갈 것입니다. 그렇기 때문에 향후 설립 예정인 프러시아 베를린 아카데미Prussian Academy of Sciences에 교수로 각지의 수학자와 철학자, 과학자들을 초빙할 것입니다. 우리의 왕립학회가 에우로페 가운데 우뚝 서게끔 지원할 것이며 지적이지만 가난한 이에게는 장학금을 지원할 것입니다. 뿐만 아니라 도서관과 오페라 극장을 세워 지적인 문화의 기반을 세울 것입니다. 통제적인 삶을 없애기 위해 압제적인 검열제를 죄다 없애버릴 것입니다."

"……그런데 왜 갑자기 뜬금없이 전쟁입니까?"

벤체슬라우스의 말에 프리츠는 탁자 위에 지도를 펼쳐가며 말했다.

"브란덴부르크-프로이센의 영지를 보세요. 정상적입니까? 사방팔방 찢겨있고 이어지지 않는 영토는 행정을 불안하게 만들고 있습니다. 뿐만 아니라 제가 맡을 나라의 인구가 몇입니까? 푸케?"

"고작 2백만 정도지요."

"그렇습니다. 2백만! 거기서 나오는 농공생산력은 부왕과 선대왕들의 개혁으로 타국에 비해 강대해졌긴 하나 여전히 강대국들에 비하면 턱없이 부족하죠. 그에 대한 방안으로 제가 국왕이 되면 다른 제국 선제후국들과 달리 농업을 기반으로 하되 대외무역과 제조업, 공업으로 나라를 부강하게 할 것입니다. 또한 작지만 강한, 최고로 효율적인 나라를 만들기 위한 다양한 노력으로 배심제를 도입하고 관직매매를 금하며 국가가 직접 조세를 맡게 하는 조세청부를 설립하고, 초등교육을 의무화하고, 곤궁한 지주들에게 대출제도를 마련해주고, 융커와 토지에 관해 과거의 관습들이 없어지도록 여러 개혁을 하고, 군수와 관료제를 집단 체제로 더 효율적으로 개혁하고, 기반이 되는 농업에도 신식 기술을 도입하고, 하고, 하고, 하고!"

연이어 말하자 숨이 차버린 프리츠는 한동안 헉헉댄 뒤 모두를 바라보며 힘겨운 표정으로 말을 이어갔다.

"그러나 아무리 체질 개선을 한다고 해도 턱없이, 너무나도 턱없이 모자랍니다. 우리가 우리의 것을 만들고 지킬 힘이 말이죠. 생각해봅시다. 여러분이 원하는 온갖 개혁들, 가히 자유의 극치지요. 하지만 이 절대주의의 시대에 누가 그걸 인정합니까? 특히 프랑스가 그렇죠. 프랑스는 너무 멋진 나라입니다. 제가 제일 좋아하는 나라죠. 그래서 저는 매일 볼테르 경에게 문학 편지를 보내고 가르침을 받는답니다. 그때마다 깨닫죠. 어찌 이런 표현을, 아름다운 말들을 만들어낼까? 그 생각만 하면 정말 멋진 나라예요! 그러나 그 멋진 나라에서 나오는 멋진 지식인들이 지금 죄다 어디 있죠? 오, 여기도 한 분 있군요."

프리츠는 프랑스에서 온 어학 연구자인 샤를 에티엔 요르단을 보며 말했다. 루이 14세의 절대주의 칙령 이래 위그노들의 두뇌유출은 심각한 수준이었다. 국가적으로도 좋지 못했고 사회적으로도 좋지 못했으며 사람다운 삶에도 좋지 못했다. 그저 더 멋진 것에 이끌리는 사람의 습성을, 자유로움에 이끌리는 본능을 없애려고 한 절대정부는 한동안 지식의 파국을 선사했다. 물론 체제하의 발달이 없던 것은 아니었다. 절대체제의 의학의 발달은 동시에 여러 학문의 증진을 가능케 했다. 허나 동시에 여러 사상가들을 다른 나라에 주는 꼴이기도 했다. 자유사상가들은 탄압을 피해 떠돌았으며 불안 속에 살아야만 했다. 자유로운 생각을 위한 책들은 금서가 되었으며 구체제 속에 그들을 받아주는 공간은 극히 드물었다. 그렇게 떠도는 사상가들은 더는 잃지 않기 위해 자신들이 자유로이 떠들 수 있는 공간을 바랐고, 과거의 프리츠도 그러했다. 헌데 프리츠의 생각엔 그 자유로운 공간엔 기본 조건이 충족되어야 했다.

"그렇습니다. 우리에겐 우리를 지킬 힘이 필요해요. 개혁도 개혁이지만 동시에 우릴 지킬 힘을 키워야 합니다. 그러기 위해서는 브란덴부르크-프로이센은 이곳, 슐레지엔이 반드시 필요합니다."

프리츠는 그렇게 말하며 지도 위의 브란덴부르크와 접경한 오스트리아의 북쪽 영지를 검지로 두드렸다. 그곳은 현재 브란덴부르크-프로이센과 맞먹는 인구를 자랑하는 곳이자 합스부르크 가문의 세입 약 22%를 자랑하는 중부 에우로페의 노른자 땅이었다.

"이곳은 명분상 우리가 차지하기 적합하며 동시에 부유한 농지이기도 합니다. 섬 경도 알고 있겠죠? 푸케?"

"얼마 뒤 합스부르크 가문의 영애, 마리아 테레지아 공주가 가문을 계승할 것입니다. 그러나 그녀는 여자, 프랑크 왕국이 세운 고대 게르만 율법인 살리카 법Salic law에 의거하면 그녀는 계승 권한이 없습니다. 국사 조칙Pragmatic Sanction이라는 현 카를 제국 황제의 조잡한 속임수가 있긴 하나 그 누구도 그를 인정할 생각은 없죠. 단순히 겉으로만 인정할 뿐 황제가 죽는다면 바로 반발할 것입니다. 아마 바바리아의 카를이 바로 들고 일어나겠죠. 그렇다면 우린 그 틈을 이용해 슐레지엔의 소유권을 주장하는 것입니다. 약 160년 전 우리 호엔촐레른 왕가는 피아스트 왕가Piast dynasty와 브리크 조약을 맺은 바가 있습니다. 이에 따르면 남성의 대가 끊기면 슐레지엔의 소유권은 우리에게 있다는 것이지요. 무엇보다 슐레지엔은 종교전쟁 이후로 프로테스탄트로 개종한 지역……. 오히려 저희를 환영하겠지요. 물론 조금 명분이 부족한 면이 있긴 하지만 전쟁을 걸기엔 충분하고 우린 국사 조칙에 반발하는 제국의 흐름에 천천히 뒤따라가 이득을 취하면 됩니다."

푸케의 말이 끝나자 프리츠는 국가의 무력을 증대시킬 여러 방안을 읊었다. 가용 노동 인구 감소를 막기 위한 외국 용병의 적극적 이용, 장신 연대의 폐지와 신식 군사 기술 도입, 수준 높은 장교의 꾸준한 공급을 위한 귀족 및 융커와의 화합 등 나라를 이끌어갈 온갖 구체적인 비전을 모두 앞에 선사해 보였다.

"앞으로도 우리는 이런 문제를 이야기해야 합니다. 적극적으로요. 어떻게 하면 나라를 키울지 말입니다. 하지만 이는 비단 영리주의만을 추구하는 전제군주의 행동이 아닙니다. 가치에 어울리는 기반이 없다면 이룬 것이 시간의 흐름 속에 사라져 버릴 테니 말이죠. 우린 꾸준히 좋은 세상을 만들어가기 위해 노력하지만 동시에 그 멋진 것들이 보호받을 힘을 길러야만 합니다."

프리츠는 그렇게 말하면서 지도 위에 전쟁 발발 시의 진군 루트를 그려갔다. 오데르강이 브란덴부르크-프로이센의 문장 아래 덧칠되어갔다. 프리츠의 말에 초청된 인사들은 이런저런 생각을 하기 시작했다. 받아들일지, 아니면 화를 내며 나갈지. 하지만 프리츠의 걱정과 달리 그들은 딱히 그를 거부하는 행동을 보이지 않았다. 문인들의 군주가 오랜만에 등장하는 것이니 도리어 옆에서 지켜보고 싶다는 생각이 더 컸기 때문이었다. 만일 심각히 엇나간다면 그것을 보좌하는 것이 자신들의 역할이라고 생각되었다. 무엇보다 계몽 정책을 보장하니 일단은 곁에 있을 만하다고 판단되었다. 게다가 백여 년 전의 베스트팔렌의 여파가 그들의 마음을 움직이기도 했다.

"왕자님의 마음이 진정으로 선을 향하고 그것이 쭉 이어진다면 저희가 먼저 배반하는 일은 없을 것입니다."

초청 명사들은 일어나 그리 말하며 프리츠에게 악수를 건넸다. 프리츠의 인생에서 가장 행복한 시기가 막을 올리는 순간이었다.

그렇게 라인스베르크에서의 나날이 시작되었다. 프리츠는 자신의 친구이자 스승인 푸케의 도움으로 계속해서 여러 인사들을 이곳에 모으는 데 성공했다. 화가, 음악가, 철학가, 예술가 등 여러 인사들을 모아 자유로운 토론을 했으며 그들 앞에서 플루트 연주를 하는 것을 즐겼다. 프리츠에게 있어서는 정말이지 오랜만에 느끼는 행복이었으며 눈치 없이 즐기는 예술이었다. 틈만 나면 작곡하고 연주하며 사람들과 논의했다. 몰래 아멜리아에게 편지를 쓰기도 했다. 프리츠는 여러 인사들과 어울리며 그들과 함께 베야르 기사단Bayard Order이라는 친목 단체를 만들며 하루 종일 논의하고 이야기의 즐거움에 빠져들었다. 오랜만의 즐거움이었다. 더는 취미를 숨기지 않아도 되니 말이다.

그러면서 프리츠는 평소 하고 싶었던 작업에 돌입했다. 바로 저술 활동이었다. 자신의 생각을 집대성하고 그에 따라 살고 싶었다. 비록 지키기 힘들더라도 말이다. 그래서 그는 푸케와 요르단, 섬, 카조트 등 여러 명사들의 도움을 받으며 철학서를 써 내려갔다.

그 이름은 바로 『반마키아벨리론Anti machiavelli』이었다.

자유, 정의, 책임감을 중시하며 거짓말, 속임수, 노상강도를 혐오하는 책은 평소 그가 원하던 세상을 그려냈다. 도덕이 완연한 세상을.

"군주는…… 국가의 제일가는 종이다……. 그 이유는…… 모두의 안전과 행복을 유지해야 하니까……."

"멋진 말이십니다."

"우린 이런 문인의 군주를 기다렸던 것이죠. 하하."

서서히 완성되어가는 프리츠의 책에 푸케도 다른 이들도 칭찬해주었다. 이 책에 담겨진 그의 마음 자체는 진심이었으니 말이다. 만일 다음 생에 다시 만난다면 전과는 달리 진실로 어울릴 수 있는 그런 세상이 되기를, 자신이 그런 나라를 만들기를 프리츠는 간절히 바라고 또 바랐다. 그래서 그는 이 책에 자유롭고 건강하며 정의로운 세상을 그려갔다. 자신의 도덕적 이데아를, 아름다움이 풍부하고 따뜻함을 선사받아 누구나 선함이 진정한 가치임을 깨닫고 행동하는 세상을. 도덕의 증진이 가져다주는 이익을 통해 그는 책을 저술하며 진짜로 그런 세상이 현실이 되기를 염원했다. 도덕이 단순히 착한 말이 아니라 장기적으로는 우리에게 다가올 진정한 행복임을 깨닫기를 바라면서. 만일 그런 세상이었다면 자신은 아멜리아와 결혼하는 진정한 행복을 얻었을 테니까. 그러니 도덕이야말로 진정한 이득임을 그는 설파했고 아름다운 세상을 꿈꾸었다.

부정함이 없기를! 더러운 모든 것들이 없어지기를! 소중한 빛을 지킬 힘이 생기기를!

프리츠는 그런 생각을 가지며 날마다 열띤 토론을 했으며 나라를 가꿀 여러 개혁 방안에 대해 논의했다. 아멜리아를 추억하며.

권모술수만이 판을 치는 세상이 되지 않기를 빌고 또 빌었다.

"여기 있습니다. 왕자님. 어렵게 전달한 겁니다. 비록 왕자님께 모든 자유를 주셨지만 이것만큼은 허락하지 않았으니까요."

"고맙습니다. 어서 국왕이 된다면 이런 눈치는 볼 필요가 없을 텐데……."

"고마우면 문인들의 세상을 만들어주시면 됩니다."

"하하. 내 왕이 되면 그대들이 마음껏 글 쓰는 걸 허락하겠습니다. 볼테르도 초청하려는 마당에 그대들의 글을 제가 무어라 하겠습니까?"

"하하. 그렇긴 하지요. 그럼 좀 이따가 뵙도록 하겠습니다."

“알겠습니다. 조금 이따가 융커에 관한 토론 시간 때 뵙지요.”

그렇게 프리츠는 더 좋은 나라를 만들기 위한 연구에 연구를 거듭했고 오늘도 역시 그러했다. 그러나 오늘은 조금은 특별한 날이었다. 애타게 고대하던 이의 편지를 받는 날이었기 때문이다. 어찌 보면 이것이 프리츠의 삶의 이유기도 했다. 그녀에게 떳떳하기를 바랐으니까. 조금이라도 미안한 감정을 떨치기를 바랐으니까. 그래서 나라를 가꿀 생각을 했다고 해도 과언이 아니었다. 그녀에게 다가가지 못했지만 마음만큼은 진심이었음을 보여주기 위해서 말이다. 그리고 그녀도 그런 마음을 모르는 것은 아니었다. 울리히 프리드리히 폰 섬의 외교관 친구들을 통해 보내온 그녀의 편지는 프리츠의 그간의 노고를 씻어주었다.

– 안녕, 내 사랑. 잘 지내고 있죠? 전 런던에서 잘 지내고 있어요. 어떻게 지내는지 너무 걱정하지 말아요. 전 너무나도 편하게 지내고 있어요. 뭐, 신분이 신분이니까? 헤헷…….

당신이 걱정하는 것들에 대해 지인을 통해 들었어요. 그런 걱정 말아요. 전 당신을 원망하지 않아요. 얼마나 노력했는지, 그리고 지금도 얼마나 노력하고 있는지 알아요. 전 당신이 얼마나 아름다운 사람인지 알아요. 당신은 당신을 속이지 않고 그대로 보일 때가 가장 아름다워요. 그러니 누가 뭐라 해도 가슴속의 감정을 그대로 밀고 가길 빌어요. 당신의 본질이 좋다는 것은 내가 아니까.

좋은 나라의 국왕이 되길 기도할게요. 사랑하는 당신을 기억하면서.

브리튼의 아멜리아가.

편지의 내용은 프리츠의 눈물을 쥐어짜기에 충분했다. 그녀는 자신에게 다가가지 못한 그를 오히려 위로해주었다. 프리츠는 더욱더 힘을 내서 그녀에게 다가가자고 다짐했다. 그것이 유일한 속죄니까.

'그럼 오늘도 논의에 들어가 볼까……. 다른 건들은 확실시되었는데 융커에 관한 논의는 어렵단 말이지……. 그들은 지방 농지의 지배자이자 각 지방 군의회의 자문의원으로 관료제의 기초지만 타협과 견제가 필요해. 일단 저번에 말한 것처럼 관료제의 정점인 세무관Steuerrat을 신설해 중앙 통제력을 강화해야 해. 관료 조직과 군사 조직의 효율성을 좀 더 높이기 위해 일종의 국왕 스파이인 2열의 관리를 투입해 지방행정관들의 행위를 감시하며 중앙정부의 힘을 기르고 또 길러야 구츠헤어샤프트Gutsherrschaft들을 통제할 수 있어. 그러나 부르주아지들과 달리 근대적 농지 개혁에 적극적이지 않은 그들을 회유하고 장교 보급을 꾸준히 받기 위해선 농민 부역을 5일에서 3일로 감소하는 조건으로 토지세를 낮추어주고 개발 지원금도 늘려 주어야 해…….'

프리츠는 그렇게 생각에 생각을 거듭하며 아멜리아의 편지를 품 안으로 숨기고 라인스베르크의 궁으로 걸어갔다. 방패를 드높이, 더 드높이 세우기 위해서.

"네, 왕세자비마마. 지금 왕자님이랑 논의 중인데 즉위 후 여름 별궁을 하나 세울 생각입니다. 이름은 바로…… 프랑스어로 근심 없다는 뜻의 상수시Sanssouci! 어떠신지요?"

"멋지네요. 정말로요!"

"최신식 로코코 양식으로 지을 의향입니다. 다만 저와 왕자님의 취향을 좀 더 섞어서 말이죠. 청아한 지붕에 노른자와도 같은 외부 벽지……. 분명 아름다울 것입니다."

"기대하고 있을게요. 크노벨스도르프 님."

"하하. 기대하고 계서도 좋습니다! 완벽하게 지을 테니 말이죠!"

라인스베르크 안으로 들어가니 정문 안쪽에 벤체슬라우스와 크리스티네가 프리츠의 시야에 들어왔다. 둘은 정말로 신나게 이야기를 나누고 있었다. 향후 만들어갈 건축물에 대해 이런저런 이야기를 나누고 있었는데, 아멜리아와도 같은 크리스티네의 따스한 미소와 순수함에 벤체슬라우스는 밝게 웃으며 로로코 양식에 관해 떠들었다. 정말로 부드러운 분위기였다. 허나 프리츠는 짜증을 내며 둘에게 다가가 외쳤다.

"크리스티네! 당신이 여길 왜 왔습니까?!"

"제가 부군이 있는 곳에 오지도 못하나요?"

"내가 여기에 분명 오지 말라고 했을 텐데요?! 당장 돌아가요, 당장!"

"저…… 왕자님 군이 그러실 필요는……. 오늘 저녁이나 한 끼 하는 것도 좋으실 것 같은데요……."

프리츠의 험악한 분위기에 평소와 다른 얼굴을 봐 놀란 벤체슬라우스는 약간 더듬으며 프리츠에게 말했다. 그러나 프리츠는 봐주지 않았다. 그녀를 볼 때마다 아버지가 떠올랐으니까. 프리츠는 험악하게 소리치며 당장 이곳에서 나가라고 말했다. 죄 없는 그녀는 부군의 말에 순순히 따를 뿐이었다.

"가끔은 베를린으로 와주세요. 절 싫어하시는 것은 알지만 저흰 부부긴 하잖아요?"

크리스티네는 슬픈 표정을 하며 그렇게 말한 뒤 예를 갖추며 자리를 떠났다. 벤체슬라우스는 그 광경을 보며 놀라지 않을 수 없었다. 무엇보다 그녀가 떠나자 바로 평소처럼 화사하게 돌아와 자신에게 다정하게 대하는 프리츠를 보면 더욱 그럴 수밖에 없었다. 그는 푸케와 만나 이 이야기를 언급하지 않을 수 없었다.

"왕자님께 그런 면이 있을지 몰랐습니다. 아무리 생각해도 그간 제가 지켜봐 온 왕자님은 착한 분이신데……."

"뭐…… 왕자님이 넘어야 할 그림자지요. 누구나 한계는 있으니까요. 좋은 길을 걷고 싶어도 그간 계속 휘청이셨죠. 짊을 목발마저 자신이 원한 게 아니게 되었는데 어쩌면 저러는 게 더더욱 당연합니다. 우리의 역할은 저런 왕자님을 최대한 보듬어주고 더 발전시키는 게 아니겠습니까?"

푸케는 그렇게 말하며 회의장으로 향했다. 오늘도 논의가 있는 날이니 말이다. 그러나 벤체슬라우스는 바로 발을 떼지 못하고 멀어져 가는 푸케를 바라보았다.

'위대한 교향곡에 한 점의 오차가 있다면…… 어찌 불안하지 않겠는가?'

그렇게 생각하며 그는 회의장으로 향했다. 막간을 이용해 플루트 연주를 하며 모두를 기다리고 있는 프리츠를 향해.

1740년 5월 중순, 서서히 더워지는 그날. 라인스베르크 궁에 갑작스러운 급보가 당도했다. 부왕이 위독하시니 어서 베를린으로 오라는 전갈이었다. 영원할 것만 같았던 하사관왕의 시대도 이제 막을 내려야 하는 순간이었다. 영원한 것이라고는 없으니 당연한 소식이었고 프리츠에게는 드디어 때가 온 것이었다. 프리츠는 부왕의 전갈에 서둘러 베를린으로 향했다. 허나 급히 궁에 들어섰을 때 그곳에는 그간 자신이 보고 자랐던 부왕은 이미 없었다. 강인한 이미지는 온데간데없고 쇠약해져 휠체어에 앉아 거동이 불편한 한 늙은이가 보일 뿐이었다. 빌헬름 국왕은 도착한 자신의 아들을 보고 기침을 해대며 말했다.

"아들아…… 이리 오거라……."

"예, 아바마마."

"내 이리 널 부른 것은…… 얼마 안 가 내 명이 다할 것 같아서 그런 것이다……."

"그런 말씀 마시옵소서. 만수무강하실 것이옵니다."

"하하, 그래……. 난 항상 네가 내 말을 잘 따라주길 바랐지……. 이제 그래주니 고맙구나……. 하지만 현실이란 가면을 네 얼굴에 씌워버린 것 같아 미안하구나……. 그저 네가 진심을 다해 나라를 위하길 바랐고 어디까지나 진실된 얼굴로 그래주길 바랐는데……. 이제 와서 그런 걸 생각해봤자 뭣 하리……. 그저 난 항상 나라를 위했으니 진정 후회 따윈 없구나……."

빌헬름 국왕은 시녀들의 부축을 받으며 침대 위에 눕곤 말을 이어갔다.

“이제 내 시대는 끝났다……. 이제 네가 네 동생들과 함께…… 이 나라를 이끌어야 한다…….”

“아바마마에 비해 부족한 제가 어찌 그 일을 맡겠습니까? 어서 쾌차하시옵소서.”

“하하, 하지만 때가 왔다……. 이제 내 시간은 끝나가……. 난 이제 하나님의 품으로 돌아간다……. 이제 네가 마음껏 이 나라를 꾸며가도록 해라……. 네가 원하는 대로 행동해라……. 다만 주의할 것이 있다……. 에우로페의 어느 군주도 믿지 말거라……. 하나같이 간악한 사기꾼에 불과한 것들이다……. 영원한 동맹 따윈 없으니 항상 그들을 경계해라……. 그리고 아들아, 난 평생을 검소하게 살았다……. 너에겐 한낱 집착처럼 보일지 모르지만 그 덕에 8만 3천의 상비군과 천만 탈러의 넉넉한 재정을…… 너에게 물려줄 수 있었다……. 그러나 이건 전부 네가 이 나라를 잘 꾸려가고 잘 지키게 하기 위해서 그간 모아온 것뿐이다……. 그러니 그 누구도 믿지 말고 함부로 전쟁을 일삼지 말거라……. 귀족 놈들은 항상 경계하며 조련해…… 그들의 자제를 사관학교에 보내 훌륭한 장교로 기르고…… 너와 하나님께만 충성하도록 하게 해라……. 군대는 절대 축소하지 말고 에우로페의 사건들에 함부로 뛰어들지 말거라……. 제발…… 함부로 전쟁을 하지 말거라……. 너의 양 어깨에 우리 왕국 백성들의 안전, 행복…… 그 모든 것들이…… 달려있느니라……."

빌헬름 국왕은 그리 말하고 연신 기침을 해대며 침대에 쓰러졌다. 가파른 호흡과 새하얀 얼굴이 그의 상태를 모두에게 알려주고 있었다. 프리츠는 그런 부왕의 손을 잡으며 꼭 그리하겠다고 맹세했다. 프리츠는 아버지의 상태를 보며 오만 감정의 흐름에 빠졌다. 통쾌함과 희열, 동감과 슬픔을. 이제 부왕이 느꼈던 무게감이 자신에게도 와닿았기에 프리츠는 초라한 늙은 남자에 대해 평소와는 다른 감정을 느낄 수밖에 없었다. 하지만 동시에 지금과는 다를 자신의 시대가 펼쳐질 거라는 기쁨에 그는 아버지를 내려다보았다. 그리고 지금 느끼는 온갖 열광을 안고 혼신의 눈물을 흘리며 그날을 보냈다. 다가올 날들을 위해서.

"브란덴부르크의 대선제후이자 프로이센 왕국의 국왕이며 뇌샤텔Neuchâtel 대공이시여! 그대의 앞길에 축복이 있기를! 새로운 영광이 되어주시기를!"

"국왕 전하 만세! 만만세! 프리드리히 국왕 전하의 앞길에 영광만이 있기를!"

며칠 후, 군인의 왕이 세상을 떠났고 프리츠는 브란덴부르크-프로이센의 후계자로서 왕위를 계승하게 되었다. 얼마 지나지 않아 대관식이 거행되었으며 에우로페의 문인들은 이 자리에 모여 자신들이 원하면 문인들의 군주의 탄생을 축복했다. 달랑베르는 눈물을 흘리며 연신 박수를 쳐댔고 훈련 교관 레오폴트는 왕관을 받기 위해 당당히 앞으로 나가는 자신의 제자를 뿌듯하게 쳐다보았다. 푸케와 여러 명사들도 프리츠의, 이젠 프리드리히 프로이센 국왕이라 불릴 새로운 군주의 즉위에 박수를 보냈다. 위대한 교향곡과 플루트 연주 속에서 프리드리히 국왕은 대성당의 가장 안쪽으로 걸어갔으며 무릎을 꿇고 프로테스탄트의 면류관을 받아 썼다. 비록 옆에 있는 사람이 아멜리아가 아닌 크리스티네이긴 했지만 그는 오늘만큼은 진심으로 기분 좋게 웃으며 모두를 바라보고 외쳤다.

"이 자리에서 선언합니다! 저는 권력이 아닌 여러분들의 종으로 살아가겠습니다!"

그의 말에 그 소리를 들은 모든 이가, 특히 백성들이 환호성을 내던졌다. 하지만 이는 입에 발린 말이 아니었다. 이 순간 옆에 그녀가 있었더라면 더욱 진심으로 말했으리라. 그는 가혹한 환경에서 자라났고 어찌 보면 같은 처지의 사람을 만나왔다. 그래서 깨달은 바가 있었다. 순간이나마 맛본 자유로움이 얼마나 달콤한지를, 사랑한다는 감정이 얼마나 감사한지를 말이다. 그래서 그는 꿈꿨다. 좋은 세상을. 어릴 적 읽었던 따분한 소리들이 얼마나 중요한지를 그는 느끼고 있었다. 그래서 진심으로 다짐할 수 있었다.

진정한 가치를 추구하는 세상을 만들기 위해 노력할 것이라고. 반드시 그 기반을 다져갈 것이라고 모두가 보는 앞에서 맹세하며 손을 흔들었다. 그리고 그를 무시하는 자들은 깨우쳐주리라고 생각했다. 그것이 계몽이니까. 만연해진 빛이 가져올 선물은 따뜻할 것임이 자명하니 언젠간 다들 그 진정한 이익을 깨달으리라.

그리 생각하면서 그는 손을 흔들고 또 흔들었다.

아멜리아와 카테를 되새기면서.

반드시 앞으로 나아갈 테니까. 무슨 수를 써서라도.

Epilogue. Aufgeklärten Despoten

그렇게 프리드리히 국왕이 브란덴부르크-프로이센의 군주로 등극했다. 그는 즉위하면서 문인의 군주가 되겠다고 선언했으며 한동안 실로 그러했다. 언론에 대한 압제적인 검열을 폐지하고 고문과 같은 악법을 없애버렸다. 그리고 여러 언론사들의 자유로운 창간을 허가했다. 대표적으로 1740년에 《하우데체 신문Haudesche Zeitung》이 새롭게 창립했다. 또한 장신 연대를 해체하고 학술에 대한 지원을 아끼지 않았다. 각지의 문인들을 소집하고 그들을 후원해 나라의 지적 수준을 끌어올리는 것에 주저하지 않았다. 가히 문의 시대가 당도했다고 해도 과언이 아니었다.

하지만 무의 시간도 찾아왔다. 즉위하고 얼마 지나지 않아 합스부르크가의 공주 마리아 테레지아가 가문을 계승하면서 프리드리히 국왕은 그녀에게 전쟁을 선포했다. 여러 빌미를 들며 제국 내부의 흐름에 맞추어 슐레지엔을 침공했다. 그는 선제공격에 의한 속전속결의 전략인 내선작전內線作戰을 세웠으며 이에 맞추어 움직였다. 외부에서 포위, 협공하는 여러 적에 대해 중앙에 위치해 상대하며 각개 격파하는 작전으로 적에 비해 내부 이동거리가 짧은 점을 이용해 프리드리히 국왕은 승리하고 또 승리했다. 뛰어난 기동성과 높은 질이 있어야만 가능한 이 전략은 평소의 그가 중시했던 요점에 대한 훈련의 성과 덕에 가능한 것이었다. 비록 처음에는 몰비츠 전투Battle of Mollwitz에서 패배할 뻔했으나 프로이센의 군대는 위기를 넘어 승리를 이어갔다.

결국 합스부르크가는 그에게 슐레지엔을 넘겨줄 수밖에 없었다. 협상 후 헝가리에서의 성공으로 인해 마리아 테레지아는 다시 그에게 저항하나 프리드리히 국왕은 다시금 8만의 군사를 이끌고 보헤미아를 침공했고, 호엔프리트베르크와 수어Soor, 케셀스도르프Kesselsdorf에서 영광스러운 연승을 이어가 승리를 확정지었다. 그 직후인 44년에는 프리트란트의 카를 에드자드Charles Edzard가 후계 없이 사망해 프리드리히 국왕이 이를 계승했고 병합했다. 프로이센의 영역은 오데르강까지 다다랐다.

전후 목표를 이룬 그는 그가 생각해오던 나라를 만들기 위해 온갖 개혁을 실시했다. 그중 통치 전반기의 대표적인 사례는 새로 얻은 200만 인구의 슐레지엔에서 벌인 여러 사업이었다. 세습적 영지 예속농민(노비는 아니나 권리행사능력이 상당히 낮은 계층의 농민)이 다수인 그곳에서 기존의 도시 직물 제조업을 더욱 부강하게 하는 방안과 대규모 관개사업을 통해 새로운 기반을 다져갔다. 또한 신기술인 배수시스템을 통해 여러 습지를 농지로 개척해 수십만 에이커의 농지와 수백 농가를 확보했다. 그는 이주하는 농민에게 비축한 곡물을 나누어주고 최대한 지원하며 나라의 기반을 닦고자 했다.

허나 평화는 그리 길지 않았다. 마리아 테레지아 여제는 그에게 복수하기 위해 카우니츠 외무대신을 통해 프랑스의 마담 퐁파두르 부인Marquise de Pompadour과 러시아의 엘리자베트 여제와 손을 잡았다. 이로 인해 전통적인 외교 구도는 붕괴되었고 외교 혁명이라 불릴 일련의 사태가 벌어지게 되었다. 프리드리히 국왕은 급히 브리튼과 웨스트민스터 협약으로 손을 잡았고 사방의 포위망을 해체시키기 위해 선전포고했다.

기나긴 7년 전쟁Siebenjähriger Krieg의 시작이었다. 갓 인구 400만과 상비군 12만이 된 프로이센의 군대는 총 8천만 인구인 삼국동맹의 도합 30만군을 막아야만 했다. 프리드리히 국왕은 먼저 작센을 침공해 우위를 노리고자 했고, 프라하 전투에서 승리해 작센을 차지하지는 데까지는 성공했다. 허나 콜린 전투Battle of Kolin에서 레오폴트 다운 백작Count Leopold Joseph von Daun과 마주치며 위기에 봉착했으며 결국 오스트리아 내 헝가리 출신 경무장 보병대인 판두르Pandur의 열렬한 활약에 패해 작센에서 물러나게 되었다. 그는 여기서 아군의 충고를 잘 듣지 않는 면모를 보이고 성격적 결함을 보여주며 패했으나 다행히 기병대장 자이들리츠의 활약으로 괴멸 위기는 피했다.

일이 이렇게 되자 삼국군의 연결은 곧 프로이센의 멸망의 신호탄이 되었다. 프리드리히 국왕은 삼국 군대의 합침을 피하기 위해 애썼으며 먼저 프랑스 방면으로 방어 전략을 취했다. 다행이 그의 사행 전술은 그 효과를 톡톡히 보았으며 로스바흐Battle of Rossbach에서 2배에 달하는 프랑스의 대군을 격파해 전쟁이 종료될 때까지 프랑스군이 하노버 방면으로 진출하지 못하게 했다. 가히 대승이었다. 이 승리는 이어졌고 그의 전술은 로이텐Battle of Leuthen에서 극에 달했다. 여기서 합스부르크가의 3배에 달하는 적을 사행 전술의 극대화로 이겨냈으며 다시금 위기에서 벗어나 기회를 노리게 되었다.

허나 그는 호크키르히Hochkirch에서 다시금 다운 백작에게 패해 불안한 상태에 떨어지게 되었다. 그래도 조른도르프와 민덴에서의 단비 같은 승리로 한숨을 돌리긴 했다. 그러나 그 순간도 잠시, 러시아 군대가 베를린을 향해 몰려왔다. 그는 다시금 자신만의 전술로 위기를 극복하고자 했지만 표트르 살티코프Pyotr Saltykov와 라우돈Laudon 남작에게 크게 패하며 완전히 기가 꺾이게 되었다. 둘은 프리드리히 국왕의 초반 사행 전술의 성공을 역이용했다. 프리드리히 국왕은 포위된 언덕 속에서 자살하려 했으나 에른스트 실비우스 폰 프리트비츠Ernst Sylvius von Prittwitz의 성공적 구출과 설득에 그만두었다. 허나 베를린은 함락당하고 프로이센은 멸망의 위기에 봉착하게 되었다.

비록 작센의 토르가우Torgau의 쉬프티처 회엔Süptitzer Höhen에서 프리드리히 국왕은 다운 백작에게 정말 기적적인 승리를 쟁취해 전선을 유지하는 것까지는 성공했지만 수도와 국토는 유린당하고 얼마 안 가 러시아 군대에게 동부 최대의 요새인 콜베르크Kolberg 요새가 점령당해 몰락을 피할 수 없었다. 그는 자살을 진지하게 고려했다.

그러나 기적이 일어났다. 평소 그가 열렬한 친프로이센파임을 알고 남몰래 지지하고 후원한 카를 페터 울리히가 러시아의 차대 황제로 등극했기 때문이었다. 프리드리히 국왕은 표트르 황제에게 여러 지원을 아끼지 않았고 돈독해진 사이를 확고히 하기 위해서 즉위 전날 '검정 독수리 대훈장'을 건네며 즉위를 축하했다.

그리고 얼마 지나지 않아 표르트 황제는 프로이센과의 전쟁에서 이탈할 것을 선언했고 스웨덴과 함께 조건 없는 평화조약을 체결했다. 노린 것이든 아니든 정말 기적이나 다름없는 순간이었다. 프리드리히 국왕은 눈물을 흘리며 브란덴부르크가의 기적이라 떠들었고 동시에 남은 군대를 이끌고 합스부르크가로 진격했다. 그리고 부르케스도르프Burkersdorf와 프라이베르크Freiberg에서 프리드리히 국왕과 그의 동생 하인리히 공은 각각 다운 백작과 안드라스 하디크와 스톨베르크를 격파해 7년 전쟁의 승리를 쟁취했다.

힘겹게 슐레지엔을 지켰으나 나라는 가히 풍비박산이 나고 베를린은 몇 번이나 불에 탔는지 모를 지경이었다. 그러나 슐레지엔과 프로이센의 지배권이 확실시된 이상 개발과 개혁을 안정하게 수행할 시간을 얻게 되었다. 프리드리히 국왕은 곧바로 조폐 칙령Mint Edict을 통해 물가 안정화 작업을 실시했으며 곡물가를 잡아 농민을 안정하게 했다. 또한 국가복리제도를 신설해 전쟁의 상흔을 입은 백성들을 원조했으며 빈곤층에게는 무료로 양식을 주고 노인들을 위해 양로원을 지었다. 그렇게 다시 진흥의 때가 돌아오게 되었다.

프리드리히 국왕의 부국강병의 기본 근간은 농공 생산력의 증강에 있었다. 그는 다시금 슐레지엔과 동프로이센을 중점으로 농지를 관개하고 토지를 개척하며 농업 진흥에 나섰다. 감자나 순무와 같은 새로운 작물들을 보급하며 생산력 증가를 도모했다. 그러면서 사방에 수상 수송을 위한 운하를 신설했는데 이동성과 경제성을 확보하기 위해서였다. 대표적으로 비수아와 오데르강을 연결해주는 비드고슈치Bydgoszcz 운하가 그러했다. 흉년이 들면 창고에 비축한 작물을 농민들에게 나누어주었고 지주 계층의 과도한 부역 요구와 농토 몰수 등을 막아주었다. 그러면서 꾸준히 두 지방 방면으로 이주민을 보냈는데, 활발한 인구 증가를 위해서 프리드리히 국왕은 외국에 이주민 모집소를 설치해 외국인의 유입도 유도했다. 그렇게 동쪽으로 간 사람들에게는 지원을 아끼지 않았으며 농민들에겐 경작지의 장기 임차를 허용해주었고 가축과 농기구를 공급했다.

그는 나라의 근간인 농민에 대한 지원을 아끼지 않았지만 산업에 대한 투자도 아끼지 않았다. 다른 도이치 국가들은 농업에 머무르고 있었지만 프리드리히 국왕의 프로이센은 산업 국가로의 변모를 추구하고 있었다. 기본적으로 관방학을 통한 국왕 통제 중심의 중상주의 정책을 추구했는데 대외 교역을 중시하며 국내 산업을 보호하고 국가 은행과 무역기구를 설립해 무역을 통제했다. 목재, 철제 제품, 소금 등을 독점하며 직물과 제철, 광산업을 집중적으로 진흥시켰다. 대표적으로 53년 말라판네, 55년 크로이츠부르크에 제철소를 짓고 철강 제품을 수출했다. 그러는 한편 철강 산업은 77년과 79년에 북부 슐레지엔에 당대의 브리튼 선진 기술과 방식을 도입해 급속한 성장을 보였다. 그는 신식 기술에 대해 적극적으로 도입하길 추구했으며 대표적으로 프랑스의 우편제도를 도입했다. 이러한 일련의 산업진흥정책으로 국영 매뉴팩처Manufaktur들이 세워졌으며 운송 개선 사업이 조직되었고 해운, 광업과 직물 사업들이 촉진되고 진흥되었다.

프리드리히 국왕은 그렇게 농공업을 진흥하면서 인력을 끌어 모으기 위해 노력했다. 가장 경제적인 효과를 본 것은 종교 관용 정책이었다. 그는 모든 종교인들을 동등하게 대우할 것이라 선언했고 유대인 상인과 금융업자도 그러하겠다고 말했다. 이로 인해 위그노와 같이 머물 곳이 없는 이들이 프로이센에 몰렸다. 대표적으로 예수교 회원을 교사로 채용했으며 마리아 테레지아에게 쫓겨난 보헤미아 프로테스탄트 직물업자들을 흡수하고 그들의 진보한 방식을 받아들였다. 허나 유대인에 대해서는 자유로운 교역을 보장하고 보호함과 동시에 감시를 하기도 했다. 프리드리히 국왕은 적극적으로 새로운 지식을 끌어 모으기 위해 이리 언급하기도 했다.

– 모든 종교는 동일하고 좋은 것이다. 만일 튀르크 인들이 우리와 같이 살 경우 나는 그들이 필요한 이슬람 모스크의 건축도 허가할 것이다. Alle Religionen seindt gleich und guht, wan nuhr die leute, so sie profesiren [öffentlich bekennen], erliche leute seindt, und wen turken und Heiden kahmen und wolten das land pobplieren [bevölkern], so wollen wier Mosqueen und Kirchen bauen

그렇게 자강을 해가면서 프로이센은 꾸준히 팽창을 시도했다. 프리드리히 국왕의 사명은 분단된 영토를 통일하는 것에 있었고 국가의 부강과 안전을 위해 무조건 달성해야 할 목표였다. 그래서 오스트리아와 러시아와 접촉해 폴란드 분할에 논의했고 도덕적인 마리아 테레지아는 조금 주저했지만 이는 곧 체결되었다. 비록 스타니수아프 폴란드 국왕Stanisław II August Poniatowski이 저항하긴 했지만 이미 세임Sejm의 영향력으로 몰락해가던 나라였기에 삼국 분할을 막을 순 없었다. 72년 8월 5일 조약은 체결되었고 프로이센은 서프로이센과 주교구 에름란트, 네츠 강 유역의 35만 6천 명의 주민과 3만 4천9백 km^2의 영토를 차지했다. 이로써 분단된 영토는 합쳐졌고 프로이센의 영토는 서쪽의 엘베강부터 동쪽의 메멜강까지 이르게 되었다. 프리드리히 국왕은 그렇게 얻은 영토가 상당히 낙후되었다고 판단하고 곧 개발 작업에 돌입했으며 72년부터 75년 사이에 750개의 새 학교를 해당 지방에 설립했다. 여러 사회간접 자본에 투자하고 지원했으며 도이치어와 폴란드어를 동등하게 대우하고 배우게 해주며 동화정책을 폈다.

한편 바바리아의 선제후가 후계 없이 사망하는 사건이 터졌다. 팔츠의 선제후 카를 테오도르가 그 자리를 계승하겠다고 선언했지만 오스트리아와 프로이센은 제각기 다른 반응을 내놓았다. 제국 황제 요제프는 이를 기회 삼아 영토 교환으로 바바리아를 차지하려고 들었으며 프리드리히 국왕은 작센 선제후와 함께 이에 대항했다. 프로이센의 입장에서는 다행히 프랑스는 오스트리아와의 동맹 의무에 적극적인 움직임을 보이질 않았다. 프랑스는 동맹의 역전이 있었다고는 하나 합스부르크가에 여전히 적대적이었고 프로이센과 작센의 군대는 이 기회를 틈타 뵈멘을 침공하며 전쟁을 알렸다.

하지만 전쟁은 전면전보다 급습전의 양상을 띄웠고 서서히 고착화되었다. 결국 협상에 들어갔으며 카를 테오도르와 요제프 황제는 바바리아를 포기할 수밖에 없었다. 이 전쟁을 통해 오스트리아는 인피어텔을 차지했으며 프로이센은 안스바흐와 바이로이트를 차지했다. 허나 요제프 황제는 한동안 바바리아 진출 욕구를 포기하지 않았고 오스트리아령 네덜란

드와 바바리아를 교환하는 방안을 추진했다. 이에 프리드리히 국왕은 제국 내부의 여론을 움직였으며 팔츠-츠바이브뤼켄 공작 카를 2세 아우구스트는 그의 영향으로 레겐스부르크의 제국 의회에서 황제를 비난했다. 그는 서둘러 반황제파 제후들을 모았으며 그들과의 동맹인 제후동맹Fürstenbund을 결성해 오스트리아에 대항했다. 작센과 하노버 등 14개의 여러 제후국이 이에 반발하자 요제프 황제는 결국 포기했으며 프리드리히 국왕은 이를 통해 도이치 자유의 수호자의 이미지를 갖게 되었다.

그러는 사이 서서히 프로이센에 꽃이 피어났다. 프로이센의 진보성은 가히 사법제와 교육, 학문, 그리고 관료제에서 나온다고 할 수 있었다. 40년대부터 이어져 온 노력은 70년대 이후 그 꽃을 피우게 되었다. 당대의 사법제도는 체계적이기보다는 즉흥적인 판결이 많았는데 먼저 이를 제지했다. 즉흥적 판결을 막기 위해 3심제도가 신설되었으며 배심제도 도입해 그 과정을 좀 더 엄격히 만들었다. 또한 관직 매매를 금해 관료의 전문성을 추구했다. 그리고 조세청부를 신설해 정부가 직접 조세를 일일이 받도록 했다. 곤궁한 지주들을 위해 담보대출제도를 신설하기도 했으며 프랑스 전문가들을 통해 간접세인 레기Regie라는 제도를 만들어 수입을 늘리기도 했다.

이러한 일련의 법 개선 정책의 정점은 『프로이센 국법전』 편찬을 통해 완료되었다. 보통 프로이센 보통국법전, 혹은 프로이센 일반국법전一般國法典이라고도 하는 이 법전 편찬으로 프로이센의 공교육과 관료제가 완성되었다. 반포 자체는 사후인 94년으로 66년 군수 개혁과 70년 관료주의 행정 개혁을 통한 관료 개혁이 마무리되는 순간이기도 했다. 프리드리히 국왕은 기본적으로 개별 관료로 관리되던 행정 조직들에 대해 집단성을 추구했다. 함께 책임지는 위원회 방식으로 행정 조직을 개편했으며 집단에 책임을 주어 통일성을 추구했다. 집단 의무와 청렴, 높은 규율과 효율성을 위해 관료 조직과 군사 조직의 효율성을 높일 2열의 관리들을 사방 조직에 파견했다. 그들은 국왕의 스파이로서 지방 관료들을 감시하고 중앙정부의 통제력을 키웠다. 중앙 통제의 대표적인 예로 세무관이 있으며 그들은 중앙정부의 영향력을 늘리기 위해 합법적 조세 업무로 융커들을 컨트롤했다. 프리드리히 국왕 자신도 평소에 자주 친림해 지방에 중앙정부의 힘을 상시 퍼지게 했다.

이러한 법 개편의 근간은 교육에서 나오는 힘이었기에 프리드리히 국왕은 학문에 대한 지원도 아끼지 않았다. 그는 헤케르Hecker를 등용해 63년 일반학교 규정법(프로이센 학교 규정)을 공포해 모든 남성들의 초등교육을 의무화했다. 또한 교육제도 법제화를 하며 47년에 실과학교와 교원양성기관인 교원양성소를 공인받아 운영했다. 베를린 과학 아카데미를 세워 여러 명사들을 초청해 학문적 기반을 다졌으며 장학기금을 설립해 자국의 지식인들을 후원했다. 왕립 도서관과 베를린 오페라 극장, 성 헤드비히 성당 등을 지으며 문화에도 후원을 아끼지 않았다.

다만 그는 가면 갈수록 성격이 독선적으로 변모했고 그 탓에 한계성 또한 명확했다. 그는 국가 운영을 회의로 꾸려나가지 않고 혼자 판단하고 바로바로 처리하는 것을 즐겼으며 집무실에 혼자 앉아 간략한 보고서를 받으면 명료한 지시를 남기고 국가의 일을 빠르게 처리하는 것을 선호했다. 그러나 이것은 신하들과의 협의가 아니었고 내각을 무시하는 태도라 볼테르를 분노하게 했다. 그는 얼마 안가 2만 프랑의 임금도 내던진 채 베를린을 떠났다. 후일 화해하긴 했으나 프리드리히 국왕은 서서히 신하들과 사이가 멀어지게 되었다. 그래서 그런지 농노 개혁만큼은 큰 성공을 거두지 못했다. 세습적 영지 예속농민에 대한 해방을 위해 그는 노력했으나 많은 성과를 거두지 못했다. 그는 융커들에게 지원금을 주어 토지를 근대적으로 개혁하고 농민의 부역을 경감하며 자영농을 늘리려고 했으나 절반의 성과만 거두었다. 융커들은 지원금을 받으면 도박에 탕진하기 일쑤였으며 나라에서 도입하는 신기술들에 별 감흥을 보이질 않았다. 프리드리히 국왕은 군대 양성을 위해 그들과 손을 잡아 대놓고 탄압할 수 없었으며 오히려 슐라브렌도르프Schlabrendorff와 같은 개혁적 관리들이 나섰지만 동부에서의 반란만 부를 뿐이었다. 허나 왕령지와 부르주아지들의 땅에서는 토지 개혁이 활발했고 새로운 관개사업이 줄을 이었다. 부르주아지들은 공격적인 사업을 해 농지를 근대적으로 바꾸어나갔다. 프리드리히 국왕은 왕령지에 5만여 개의 세습 농장을 만들어 농민들에게 큰 부담 없이 생업을 이어가게 나누어주었다. 그곳에서는 보수적인 관습에 따르지 않았으며 과한 부역은 없앴다. 하지만 여전히 지방 귀족들은 돈을 주어도 투기를 일삼았으며 자신들의 영지를 저당 잡히는 경우도 존재했다. 그래서 65~70년간의 제한적 농노 개혁은 절반의 성과만 거두었고 진정한 농노 개혁은 프리드리히 국왕 사후 1806년의 위기를 통해 이루게 되었다.

그렇게 그는 나라를 부강하게 했다. 비록 가면 갈수록 혼자 있는 시간이 많아졌지만, 그래도 마음 따뜻한 면모가 남아있긴 했다. 그는 동물을 사랑했으며 동식물 보호법을 만들기도 했고 도이치 최초로 수의학교도 세웠다. 그는 아멜리아가 떠난 이래로 동물만을 진실로 믿었으며 그 때문에 동성애 논란까지 일기도 했다. 프리드리히 국왕은 충직한 개는 절대 배신하는 법이 없다며 개들을 아꼈다. 개는 사람의 범주에 들지 않으며 그의 마음을 헤아릴 수도 없으니 어찌 보면 지극히 당연한 말이었다.

그래도 그는 꾸준히 나라를 키웠고 성과가 있었다. 대표적인 예를 들자면 40년에서 86년의 국왕 연간 수입 변이는 7백만 탈러에서 2천3백만 탈러로 3배나 증가했고 적립금은 1천만 탈러에서 5천4백만 탈러로 증가했다. 영토 크기는 에우로페에서 10번째가 되었으며 인구는 13번째, 군사 순위는 무려 3, 4위가 되었다. 이는 즉위 초반 합스부르크가의 반절 정도의 수준에서 그를 뛰어넘는 수준으로 발전한 것이었다.

그렇게 나라를 발전시키다 1786년 8월 17일, 결국 숨이 다해 그는 아끼던 그레이하운드의 품에서 돌아가니 그것이 프리드리히 대왕의 마지막이다. 참으로 다사다난한 인생이었다. 빛도 있었고 어둠도 있었으며 기쁨도, 슬픔도 같이 존재했던 나날들이었다. 그는 양면성의 극치였고 그렇기 때문에 볼테르는 친하게 지내긴 했지만 얼마 안 가 그의 궁정에서 뜨기도 했다. 말년에는 외롭고 씁쓸한 분위기가 그의 주변을 잠식했다. 먼저 홀로 떠난 아멜리아를 추억하며 그는 충견 곁에서 마지막 시간을 보냈고 그렇게 쓸쓸히 돌아갔다. 허나 분명한 것은 그는 불완전하면서도 나름대로 노력했고, 사람들은 그를 멀리서 존경하며 대왕Der Große이라고 불렀다는 것이다.

돌이켜 그의 원동력이 무엇인지를 알기 위해선 왕이 되기 전까지를 주목하지 않을 수 없다. 원인 없는 결과는 없으며 결과가 아름답기 위해서는 원인도 아름다워야 하니 말이다. 아쉽게도 그는 유능하지만 한계성이 있었고 그것은 어린 시절에서 파악할 수 있다. 그러나 동시에 여타 군주들과 다른 면모를 보인 것도 어린 시절의 문학에 대한 열정에서 비롯되었다고 볼 수 있다. 그는 아름다운 것에 대한 본능을 가지고 끝까지 지켰다.

그렇기 때문에 난 그를 되새기며 이 글을 써 내려간다.

아버지에 대한 감정 때문에 바보같이 독일 문학은 싫어했지만 프랑스 문학과 음악, 특히 플루트에는 퐁당 빠졌던 그를 위해.

The End